나의 오늘은
내일로 이어지지

The Top Five
Regrets of the Dying

않는다

KB192775

나의 오늘은
내일로 이어지지
The Top Five
Regrets of the Dying
않는다

죽을 때 가장 후회하는 다섯 가지

브로니 웨어 지음

내 안에 잠들어 있던 용기를 일깨워준
엄마, 그리고 할머니
마음 깊이 사랑합니다.

차
례

호주의 블루마운틴에 있는 작은 오두막 밖으로 거센 바람이 불고 있었다. 따뜻한 차 한 잔을 곁에 두고, 나는 아늑한 공간에서 새로 시작한 블로그(Inspiration and Chai)에 올릴 두 번째 글을 쓰는 중이었다. 제목은 '죽을 때 가장 후회하는 일'. 이 글은 지난 8년간 죽음을 앞둔 사람들과 나눈 대화 속에서 얻은 소중한 울림에서 시작되었다. 그들의 곁에서 간병인으로, 또 이야기 상대로 수많은 깨달음과 교훈을 얻었다.

블로그에 올린 글은 예상치 못한 속도로 세상에 퍼져나갔고, 사람들은 더 많은 이야기를 들려달라고 다가왔다. 그래서 나는 용기를 내어 내 삶을 돌아보고, 죽음을 앞둔 사람들이 남긴 후회와 깨달음이 내 인생을 어떻게 바꿨는지 솔직히 이야기하기로 마음먹었다.

나는 후회 없는 삶이 단번에 이루어지는 것이 아님을 배웠다. 그것은 매일의 선택으로 조금씩 만들어진다. 자신을 사랑하는 태도, 삶을 받아들이는 용기, 그리고 꾸준히 나아가려는 의지가 함께해야 가능하다.

간병인으로 일하며 만난 환자 중 몇몇은 내게 자신들의 깨달음을 세상에 전해달라고 간곡히 부탁했다. 그들은 사람들이 후회를 안고 죽음을 맞이하는 것이 얼마나 큰 고통과 슬픔을 동반하는지 온전히 이해하길 원했다. 더 나아가, 자신들이 가지지 못했던 용기를 다른 누군가는 발견하길 바랐다.

우리는 누구나 더 나은 삶을 원한다. 하지만 그것이 무엇인지, 어디에 있는지 알지 못한 채 시간을 흘려보낸다. 삶의 아름다움을 갈망하면서도, 정작 그것을 놓치며 살아간다. 이 책을 쓰며 나 또한 많은 것을 배웠다. 무엇보다 죽음과 후회의 장면들을 가장 가까운 자리에서 지켜본 경험은 내 삶을 단단히 붙잡는 힘이 되어주었다. 삶이 버겁게 느껴질 때면, 나는 그들이 남긴 메시지를 조용히 되새긴다. 후회의 무게를 안고 생을 마감하는 고통에 비하면, 지금 용기를 내는 일이 훨씬 덜 아프다는 것을 알게 되었기 때문이다.

 이 책이 더 많은 이들의 손과 마음에 닿아, 변화의 순간들이 하나씩 피어나는 날을 꿈꾼다. 누군가는 이 글을 읽으며 눌러왔던 감정을 토해내며 눈물을 흘릴 용기를 얻을 것이고, 또 다른 누군가는 지금 이 순간 살아 있음의 소중함을 새삼 깨닫게 될 것이다.

 이 이야기가 당신의 남은 날들에 작고 따뜻한 파동이 되어 닿아, 그 울림이 당신을 더욱 밝고 따뜻한 길로 이끌어가기를 진심으로 바란다.

따뜻한 응원을 보내며,
브로니

1장

내가 원하는 삶을
살았더라면

나는 끝내,
나로 살지 못했다

서로를 안 지 오래되지 않았지만, 그레이스는 단숨에 내가 가장 좋아하는 말기 환자 중 한 명이 되었다. 작고 여린 몸에 담긴 그녀의 마음은 그 크기를 가늠할 수 없을 만큼 넓고 깊었다. 그 온기는 그녀의 자녀들에게도 고스란히 전해져, 모두가 그녀처럼 속 깊고 따뜻한 사람들이었다. 그녀의 자녀들은 이미 결혼해 부모가 되어 있었고, 어머니만큼이나 자상하고 헌신적인 모습으로 각자의 가정을 이루고 있었다.

그레이스가 사는 곳은 내가 돌보던 환자들이 사는 지역과는 완전히 달랐다. 눈에 띄는 저택이나 화려한 풍경은 찾아볼 수 없는 소박한 주택가였고, 그곳에서 나는 오히려 정겨움을 느꼈다. 골목마다 배어 있는 따뜻한 가족의 에너지가, 마치 오래된 텔레비전 드라마 속 한 장면처럼 느껴지곤 했다. 내가 그녀와 그녀의 가족들을 좋아했던 가장 큰 이유는 그들의 진정성 때문이었다. 그들은 세상 물정에 밝으면서도 견실했고, 무엇보다 내게 진심으로 따뜻하게 다가와 주었다.

그레이스와의 첫 며칠은 특별히 다르지 않았다. 그녀와 지난 삶에 대해 이야기를 나누며 서로를 조금씩 알아갔다. 화장실에서도 그녀는 솔직했다. 일상에서 느끼는 작은 고충부터, 말기 환자들에게 가장 큰 시험이 되는 순간까지. 특히 배변 후 다른 이의 도움을 받아야 한다는 현실은 불편함을 넘어, 인간으로서의 존엄성을 무너뜨리는 견디기 어려운 고통이었다.

나는 그레이스가 조금이라도 편안해질 수 있도록, 모든 일을 아무렇지도 않은 듯 처리하려 노력했다. 그녀가 자신을 부끄러워하지 않길 바랐다. 환자의 존엄성을 지켜주는 일이야말로 내 역할의 가장 중요한 부분이라고 믿었기 때문이다.

몸이 아프다는 것은 누구에게나 고통스러운 과정이다. 병은 인간의 자존심과 위엄을 서서히 빼앗아간다. 누구나 병이 깊어지면 결국 자신을 타인의 손에 맡겨야 하는 순간이 온다. 환자들은 이런 현실에 익숙해지지만, 나는 늘 그 무게를 느끼며 그들의 곁에 서 있었다.

그레이스는 50년이 넘는 결혼생활 동안 세상이 그녀에게 기대하는 역할을 묵묵히 감당하며 살아왔다. 그녀는 다섯 명의 아이들을 헌신적으로 키웠고, 손자들에게도 사랑을 아낌없이 주었다. 하지만 그녀의 결혼생활은 평탄하지 않았다. 그녀의 남편은 독재자처럼 가정을 통제하며 그녀의 삶을 억눌렀다. 몇 달 전, 남편이 요양원에 들어가자 그녀는 처음으로 숨통이 트이는 듯했다.

그레이스가 가장 간절히 원했던 것은 단순했다. 남편의 억압에서 벗어나 자신만의 삶을 마음 가는 대로, 누구의 간섭도 없이 살아보는 것이다. 그러나 오랜 기다림 끝에 얻은 자유는 그녀에게 오래 머물지 않았다. 말기 질병이 그녀의 발목을 잡은 것이다.

더욱 안타까운 건, 그녀의 병이 남편의 오랜 습관에서 비롯되었다는 사실이었다. 남편은 평생 집 안에서 줄담

배를 피웠고, 그것이 그녀의 몸을 서서히 병들게 했다. 진단을 받고 한 달도 채 지나지 않아, 그녀는 침대에 갇힌 삶을 살게 되었다. 보행 보조기에 의지해 화장실을 오가는 짧은 동선만이 그녀에게 허락된 유일한 움직임이었다.

그레이스는 비통함을 감추지 못했다. 이제야 겨우 자유를 느낄 수 있을 것 같았는데, 그녀의 꿈은 너무도 허무하게 부서지고 말았다.

"왜 내가 원하는 대로 살지 못했을까? 왜 남편이 나를 지배하도록 내버려 두었을까? 왜 나는 그런 상황을 거부할 만큼 강하지 못했을까?"

그녀는 스스로를 책망하며 눈물을 흘렸다. 그 질문들은 결국, 용기 내지 못한 자신을 향한 분노이자 놓쳐버린 시간에 대한 애도였다. 그녀의 자녀들은 어머니의 고단한 삶을 이해했고, 그 고통에 가슴 아파했다. 나 역시 그녀의 이야기를 들으며 눈물이 차올랐다.

어느 날, 그녀는 내 손을 꼭 잡으며 말했다.

"브로니, 누군가 당신이 원하는 걸 방해하도록 두지 마. 제발 나와 약속해줘. 죽어가는 이 노인의 말이라고 그냥 흘려듣지 말고, 꼭 약속해줘."

나는 그녀의 눈을 바라보며 고개를 끄덕였다. 그녀의 말은 결코 가벼운 부탁이 아니었다. 그날 나는 그녀에게 엄마 이야기를 들려주었다. 우리 엄마는 늘 내게 독립적으로 살아야 한다고 가르쳤다.

"지금 나를 봐. 이제야 살만해졌는데, 이 자유와 독립의 순간을 얼마나 기다렸는데…… 너무 늦었어. 그렇지?"

나는 그녀의 현실을 부정할 수 없었다. 그녀의 이야기는 비극이었다.

그레이스의 침실은 그녀의 삶과 추억이 고스란히 녹아 있는 공간이었다. 감상적인 장식품들과 가족 사진이 곳곳에 놓여 있었다. 처음 몇 주 동안 우리는 그 방에서 몇 시간이고 이야기를 나누었다. 하지만 그녀의 몸은 너무나 빠르게 쇠약해져 갔다. 마치 시간마저 그녀를 서둘러 지워버리려는 것처럼 보였다.

그레이스는 결혼이라는 제도 자체를 부정하는 사람은 아니었다. 오히려 부부가 서로 배우고 성장할 수 있다면, 결혼은 아름답고 소중한 결합이라 믿었다. 그녀가 반대한 것은, 그녀 세대가 맹목적으로 따랐던 결혼에 대

　　　　　　　　　　　나는 끝내, 나로 살지 못했다

한 낡은 신념이었다. 무슨 일이 있어도 결혼생활을 유지해야 한다는, 그 고리타분한 믿음이 그녀의 삶을 가둬버렸다.

결혼이라는 이름 아래 그녀는 자신의 꿈과 행복을 하나씩 내려놓았다. 그 선택은 가족을 지키기 위한 헌신이었지만, 동시에 스스로를 가두는 굴레였다. 그녀는 남편을 위해, 아이들을 위해, 그리고 다른 누군가의 기대에 부응하기 위해 자신을 끝없이 희생했다. 자신의 헌신을 알아주지 않는 남편에게까지 인생을 다 바쳤다.

이제 죽음을 눈앞에 둔 그녀는 더는 다른 사람들의 시선이나 기대 따위는 신경 쓰고 싶지 않았다. 하지만 왜 이제야 이런 깨달음을 얻게 되었는지에 대한 비통함을 감출 수 없었다. 그레이스는 늘 다른 사람들의 기대에 부응하며 체면을 중요시했지만, 정작 그러한 삶을 선택한 사람은 자신이었다는 사실을 깨달았다. 그리고 그 모든 선택의 뒤에는 두려움이 있었다는 것도 뒤늦게 알게 되었다. 나는 그녀가 자신을 용서할 수 있도록 돕고 싶었다. 지난 선택들을 조금이라도 가볍게 내려놓고, 스스로를 이해할 수 있기를 간절히 바랐다. 그러나 그녀는 고개를 저으며 모든 것이 너무 늦었다고 말했다. 그 말 속에는 깊은 한숨과 비통함이 고스란히 담겨 있었다.

내가 돌보는 환자들은 대부분 죽음을 앞둔 말기 환자들이다. 나는 그들이 세상을 떠날 때까지 정기적으로 방문하며 일대일로 그들을 돌봤다. 몇 년 동안 일을 하다 보니, 정기적으로 돌보는 환자들 외에도 짧게 몇 번만 만난 환자들도 있었다. 이런 환자들은 정기적인 간병인을 배정받기 전에 임시로 내 돌봄을 받는 경우였다. 나는 이런 식으로 꽤 많은 말기 환자들을 만났다.

그레이스가 내게 쏟아놓은 말들은 비통함과 절망, 그리고 좌절로 가득 차 있었다. 하지만 이는 내가 그동안 만났던 다른 환자들의 고백과 본질적으로 다르지 않았다. 나는 수많은 침대 곁에 앉아 같은 후회와 비슷한 탄식을 반복해서 들었다. 그리고 그 과정에서 깨달은 가장 큰 교훈은 단 하나였다.

'자기 자신에게 솔직하지 못했던 것에 대한 후회.'

대부분의 말기 환자들이 공통적으로 품고 있던 후회였다. 그리고 그 후회는 죽음을 눈앞에 두고서야 깨닫기에 더욱 깊고 아프게 느껴졌다. 좌절과 아쉬움의 무게가

나는 끝내, 나로 살지 못했다

그들의 마지막 시간을 무겁게 짓누르고 있었다.

그레이스와 침대에서 많은 이야기를 나누던 어느 날이었다. 그녀가 깊은 한숨을 내쉬며 조용히 입을 열었다.

"난 아주 대단한 삶을 꿈꿨던 건 아니야. 그냥 좋은 사람이 되고 싶었어. 누구에게도 해를 끼치지 않고, 그냥 평범하게."

그녀의 목소리는 담담했지만, 그 안에는 오랜 세월 가슴에 묻어두었던 감정이 담겨 있었다. 나는 그레이스가 내가 지금껏 만난 사람들 중 가장 사랑스러운 사람이라고 생각했다. 그녀는 누구에게도 상처를 줄 수 없는 사람이었고, 그것이 그녀의 천성이었다.

"하지만," 그녀가 잠시 말을 멈추더니 다시 입을 열었다. "정작 나 자신을 위해 하고 싶었던 일들은 하지 못했어. 그걸 할 용기가 없었던 거야."

그녀의 고백은 내 마음을 깊이 울렸다. 그레이스가 자신의 소망에 더 귀 기울이고 용감하게 행동했다면, 그녀 자신만이 아니라 가족 모두에게 더 나은 삶을 선물했을지도 모른다. 하지만 안타깝게도 그녀는 그것을 너무 늦게 깨달았다. 그 사실이 그녀를 무겁게 짓눌렀다. 그녀는 떨리는 목소리로, 스스로를 향한 깊은 혐오감을 담아 말을 이었다.

"내가 조금만 더 용기를 냈더라면, 상황이 훨씬 나았을 거야. 모두에게 말이야. 남편만 빼고." 그레이스의 목소리가 떨리며 흐느낌으로 바뀌었고, 곧 가슴을 찢는 울음이 터져 나왔다. "몇십 년 동안 우리 가족을 옭아매지 않았을 거고, 나도 훨씬 행복했을 거야. 도대체 내가 왜 그 사람의 횡포를 그저 참았을까? 왜 그랬을까, 브로니?"

나는 그저 그녀를 꽉 껴안아주었다. 내 품안에서 그레이스는 오랜 시간 울음을 멈추지 못했다. 온 세월 동안 참아온 슬픔과 후회가 내 팔 위로 흘러넘쳤다.

울음이 점차 잦아들 무렵, 그녀는 결연한 눈빛으로 나를 바라보았다. 슬픔이 짙게 깔린 눈동자였지만, 그 안에는 강렬한 의지가 느껴졌다.

"정말 내게 약속해줘, 브로니. 당신은 자신이 원하는 길로 용기 있게 걸어가겠다고. 다른 사람이 뭐라 하든 상관하지 않고."

부드럽게 흔들리는 레이스 커튼 사이로 한낮의 햇살이 침실 안으로 스며들었다. 따스한 빛 속에서, 나는 그녀의

나는 끝내, 나로 살지 못했다

눈을 똑바로 바라보며 고개를 끄덕였다.

"약속할게요, 그레이스. 저도 이미 그렇게 살려고 노력하고 있어요."

내 목소리에는 진심이 담겨 있었다. 그녀는 내 손을 꼭 잡으며 희미하게 미소 지었다. 그녀는 자신의 이야기가 적어도 누군가에게는 의미 있는 교훈으로 남을 것이라는 생각에 안도하는 듯했다.

나는 그녀에게 내 지난 이야기를 들려주기 시작했다. 십 년 넘게 은행에서 일했던 시간, 행정과 고객관리 업무 속에서 진정으로 내가 원하는 길을 찾지 못했던 날들에 대해 말했다. 그 이야기에 그녀는 흥미를 보였고, 내 삶의 결들을 이해하기 시작했다.

"나중에 외국에서 돌아와 다시 은행에 취직했지만, 몇 년 더 일하면서도 여전히 그 일이 나에게 맞지 않는다는 걸 느꼈어요. 돌이켜 보면 그 시절은, 마치 아기들이 젖을 떼고 이유식을 먹기 전 겪는 과도기 같은 시간이었다

고 생각해요. 결국 저는 은행 일을 내려놓고 진정 내가
원하는 길을 걸어가기로 결심했죠."

사실 은행에서의 첫 몇 년은 꽤 재미있었다. 또래 실습
생과 함께 일을 배우며 주말에 쓸 용돈을 벌었고, 일도
비교적 쉬웠다. 무엇보다도 사교적인 분위기가 좋아 사람
들과 어울리며 시간을 보냈다. 하지만 그 일이 정말 내게
맞는 일은 아니었다. 몇 해가 지나자 나는 서서히 불안감
이 밀려왔고, 내 삶은 이대로 괜찮은 걸까 하는 의문이
머리속을 떠나지 않았다. 그런데도 나는 주어진 기대를
저버릴 용기가 없어 십 년이 넘는 시간 동안 은행에서 일
하며 남들이 기대하는 삶을 이어갔다.

"그렇게 사는 동안 마음 한구석에서는 줄곧 다른 무엇
인가가 나를 기다리고 있다는 걸 알았어요. 하지만 그것
을 찾아 나설 용기가 없었던 거죠."

내 이야기를 들으며 그녀는 말없이 고개를 끄덕였다.
그녀의 표정에는 이해와 아쉬움이 서려 있었다. 우리는
서로 다른 삶을 살았지만, 용기 부족으로 자신을 억누르
고 살아온 점에서는 놀라울 정도로 닮아 있었다.

내가 그렇게 하지 못했던 가장 큰 이유는 두려움 때

　　　　　　　　　　나는 끝내, 나로 살지 못했다

문이었다. 만약 가족들이 내게 기대하는 삶의 틀에서 벗어나면 어떻게 될까? 혹시 비웃음의 대상이 되지 않을까? 그런 생각이 내 발목을 잡았다. 겉으로 보기에는 아무 문제가 없어 보였지만, 사실 나는 나 자신이 아닌 다른 사람들의 기대에 맞춰 살아가고 있었다. 언제 무너질지 모르는 위태로운 삶이었다.

은행을 계속 옮기고, 유니폼을 바꾸고, 근무지를 바꾸면서 일을 이어갔다. 그 결과, 또래보다 더 많은 은행에서 더 많은 경험을 쌓은 사람이 되었고, 직장에서는 능력을 인정받고 있었다. 하지만 그것이 전부였다. 그 직장은 내 영혼을 위해 아무것도 해주지 않았다. 내가 모든 것을 쏟아부으며 일했음에도 말이다.

물론, 은행이라는 직업을 진심으로 사랑하는 사람들도 있다. 나는 그들을 진심으로 존중한다. 그들이 없다면 세상은 지금처럼 편리한 금융 시스템을 이용할 수 없을 테니까.

요즘은 지역사회에 기여할 수 있는 직업이나 다른 고귀한 업종에서 일할 기회가 주어진다. 하지만 그 시절의 나는 다른 길을 상상조차 하지 못했다. 그레이스처럼 나도 자신이 원하는 삶이 아닌, 단지 다른 사람들이 내게 기대하는 삶을 살고 있었다.

우리 가족들은 나를 두고 농담을 하곤 했다. 승마를 즐기는 가족들 사이에서 홀로 수영을 좋아했고, 양을 길러 생계를 유지하는 가족들 틈에서 혼자 채식주의자였으며, 정착민들 사이에서 유일한 유랑자였다. 나는 늘 조금씩 다른, 그래서 눈에 띄는 사람이었다.

농담이라는 게 그렇다. 농담의 대상이 상처받을 수 있다는 사실을 간과하고는 한다. 시간이 지나면 그런 상처는 엷어지거나 잊힐 수도 있지만, 그렇지 않은 경우도 많다. 때로는 농담이 의도적이고 잔인할 때도 있다. 그런 농담을 듣고도 아무렇지 않을 사람은 드물다. 특히 가족 중 누군가가 "너는 제대로 될 수 없는 사람"이라고 단정 지었을 때의 기억은 지워지지 않는다. 그 순간이 마음에 남긴 상처는 평생 지속될 수 있다.

아마 그런 이유 때문일 것이다. 나는 가족들 사이에서 늘 이방인 같았고, 그래서 서로에게 영향을 주고받는 관계를 즐긴 기억이 별로 없었다. 내가 직업을 선택하던 당시, 가족들이 기대하는 삶을 따르는 것이 그들에게 비웃음을 사지 않는 가장 쉽고 자연스러운 길로 보였다. 그러나 결국, 나는 그들과 마음을 나누는 대신 점점 멀어지며 나를 닫아가기 시작했다. 그것이 내가 그들로부터 상처받지 않기 위해 선택한 나름의 방어 방식이었다.

어디에서나 예술가들은 종종 오해를 받는다. 그리고 나도 예술가였다. 다만, 그 시절에는 내가 그런 존재라는 것을 깨닫지 못했을 뿐이다. 내가 아는 것은 단지 고객들에게 적절한 금융 상품을 추천하고, 그 일을 정직하게 해내는 것이 내 전문이라는 사실뿐이었다. 나는 판매 실적이나 숫자에 크게 신경 쓰지 않았고, 오히려 고객들에게 따뜻하고 진심 어린 서비스를 제공하는 데 더 많은 관심을 두었다. 나는 그 일을 잘 해냈지만, 그것만으로는 충분하지 않았다. 실적이 모든 것을 좌지우지하는 금융계에서, 나의 방식은 더 이상 통하지 않았다.

'안정된 직장'을 떠나기로 했을 때, 내 삶은 혼란으로 가득했다. 어디로 가야 할지, 무엇을 해야 할지 정해지지 않은 상태에서 무작정 은행을 그만두었다. "내가 왜 이런 결정을 내린 걸까? 앞으로 내 삶은 어디로 흘러갈까?" 스스로에게 던지는 질문이 하루에도 몇 번씩 쏟아졌다.

그러다 어느 날, 그 혼란스러운 질문들 속에서 한 가지 답이 선명하게 떠올랐다. '그래, 섬으로 가자. 거기서 살아보자.' 그렇게 시작된 여정이었다.

섬에서 나는 비로소 진정한 자유를 느꼈다. 그곳에서는 다른 사람의 눈치를 보지 않고 오로지 내가 원하는 대로 살아갈 수 있었다. 정말 멋진 시간이었다. 그곳에서 지내는 동안 유일하게 연락을 주고받은 사람은 엄마였다. 엄마는 내가 의지할 수 있는 바위 같은 존재였고, 무엇보다 소중한 친구였다. 그런 엄마와의 대화는 언제나 내게 위로가 되었다.

섬에서 처음으로 명상을 시작했다. 처음에는 그저 조용히 앉아 있는 것이 낯설었지만, 점차 그 시간은 나 자신과 대면하는 소중한 기회로 바뀌었다. 명상을 통해 나는 나 자신만의 선량함과 마주할 수 있었다. 그것은 매우 특별한 발견이었다. 그리고 그 과정에서 진정한 연민이 무엇인지 조금씩 깨닫게 되었다. 연민은 아름답고, 동시에 강력한 힘을 지니고 있었다.

그동안 깨닫게 된 것이 하나 있다. 다른 사람들이 내게 던진 비난과 고통은 사실 그들 자신의 상처와 아픔에서 비롯된 것이었다. 행복한 사람은 다른 사람을 불행하게 만들지 않는다. 그들은 누군가가 자신의 방식대로 살아가는 모습을 존중할 줄 알며, 그 삶을 함부로 비난하지 않는다. 왜냐하면 진정으로 행복한 사람은 타인의 삶을 자신의 기준으로 평가하려 하지 않기 때문이다.

나는 이전 세대의 불행이 우리 세대에 전해준 고통을 떨쳐내기로 결심했다. 그리고 또 한 가지 확실히 마음먹었다. 나는 절대로 다른 사람을 통제하려 들지 않겠다는 것이다. 누군가를 내 뜻대로 바꾸고 싶다는 마음조차 없었다. 사람은 오직 스스로 원할 때, 그리고 스스로 준비가 되었을 때만 변할 수 있다. 강요로는 결코 바뀌지는 않는다. 변화를 이끌어내는 힘은 타인의 간섭이 아닌, 스스로의 결단에서 비롯된다.

삶을 연민의 눈으로 바라보기 시작하면서 중요한 깨달음이 찾아왔다. 내가 간절히 바랐던 서로 이해하고 사랑하는 관계는, 때로는 불가능할 수도 있다는 것이다. 그것을 인정하자 고통은 한 걸음 물러섰다. 이러한 깨달음은 내 삶을 조용히, 그러나 깊이 바꾸어 놓았다.

나 자신을 치유하는 고통스러운 과정을 겪으며 알게

되었다. 모든 사람이 자신의 과거와 마주할 용기를 가진 것은 아니라는 사실을. 어떤 사람들은 과거의 고통이 도저히 참을 수 없을 정도로 커졌을 때야 비로소 그것과 마주한다.

그렇게 깨달음을 얻은 뒤에도, 내게는 여전히 과거부터 이어진 괴로운 인간관계들이 여전히 남아 있었다. 하지만 그 관계 속에서 느끼던 고통은 점차 줄어들기 시작했다. 물론, 그런 관계와 맞서기 위해서는 시간이 필요했고, 무엇보다 용기가 필요했다. 그러나 나는 어느 순간 깨달았다. 그들이 나를 향해 던졌던 비난과 판단은 사실 나를 겨냥한 것이 아니었다는 것을. 그 말들은 결국 그들 스스로를 겨냥한 것이었다. 그들이 나에게 쏟아냈던 분노와 불만은, 사실은 그들 자신이 품고 있는 상처의 반영이었다. 그 깨달음은 나를 자유롭게 했다. 그들의 말에 휘둘리고 상처받는 대신, 그들이 감당하지 못했던 고통을 이해하고 연민을 품기 시작했다.

부처와 관련된 이야기가 있다. 어느 날 한 남자가 부처에게 화를 내며 소리쳤다. 그러나 부처는 그 상황에서도 평온함을 잃지 않았다. 이를 본 사람들이 부처에게 물었

나는 끝내, 나로 살지 못했다

다. "어떻게 그렇게 침착할 수 있습니까?" 부처는 대답 대신 질문을 던졌다.

"누군가 당신에게 선물을 주었습니다. 그런데 당신이 그것을 받지 않았습니다. 그렇다면 그 선물은 누구의 것입니까?"

선물은 주려고 했던 사람의 것이다. 부처의 질문은 내가 살아가며 겪었던 경험들과도 같았다. 누군가가 내게 쏟아부었던 말들도 결국은 그들의 것이다. 나는 그것을 받지 않기로 선택했기 때문이다. 더는 그런 말들이 내 마음속에 들어와 휘젓지 못하도록 차단했다. 오히려, 그 말을 내뱉은 사람들에게 연민이 일기 시작했다.

살면서 터득한 진리는 이것이었다. 연민은 먼저 나 자신을 치유한다는 것이다. 다른 사람을 향한 연민이 내 마음속에 자리 잡았을 때, 내 상처는 서서히 아물기 시작했다. 과거의 익숙한 행동 패턴이 다시 나를 잠식하려 할 때, 연민은 나를 한 발짝 물러서게 했다. 연민은 타인의 고통을 있는 그대로 바라볼 수 있게 하고, 그로 인해 내가 받은 고통에 휘둘리지 않도록 도와주었다. 누군가 가 내게 가했던 부당한 비난과 판단은 결국 그들 자신의 고통이 드러난 흔적일 뿐이었다. 이 진리는 단순히 가족 관계뿐만 아니라 모든 인간관계에도 적용된다. 공적인 관계, 사적인 관계, 사무적인 관계 모두 마찬가지다. 우리는 모두 고통 속에서 살아가며, 누구도 예외일 수 없다. 그렇기에 서로에게 연민을 품는 일이 중요하다.

그렇지만, 자기 자신에 대한 연민을 키우는 일은 훨씬 더 어렵다. 몇 년 혹은 몇십 년이 걸릴 수도 있다. 우리는 대체로 자기 자신에게 가장 가혹하고, 때로는 부당할 정도로 엄격하다. 그러나 자신을 사랑하고 관대한 시선으로 바라보기 위해서는, 고통스러운 변화의 과정을 거쳐야 한다. 그것은 결코 쉬운 일이 아니다. 차라리 자신에게 향한 부당한 비난을 그대로 받아들이는 것이 더 쉽다고 느껴질 정도다. 하지만 자신에게 연민을 느끼고, 관대해지는 일은 자아의 성장을 위해 필요한 과정이다. 나 자신에게 연민을 느끼기 시작했을 때, 내 마음속 상처는 서서히 치유되기 시작했다. 그 변화는 한 번에 이루어지지 않았다. 더디지만, 그 작은 변화들은 내 삶을 근본적으로 바꾸어 놓았다.

그렇게 자아 사랑과 존중, 연민을 키워가며 나는 나를

억누르던 가족의 그림자에서 벗어나기 시작했다. 이제는 비웃음을 무조건 피하려 애쓰지 않았다. 대신, 당당하게 맞서며 내 생각을 분명히 표현할 힘이 생겼다. 나를 아프게 했던 사람들에게 내 입장을 확실히 전달할 수 있게 되었다. 그렇게 하며 알게 되었다. 결국 내가 쏟아냈던 불만도 나 자신을 향한 것이었다는 사실을.

우리는 누구나 자기에게 일어나는 일을 자신의 방식으로 해석한다. 그러므로 상대에게 느끼는 불만조차도, 결국은 나 자신이 느낀 고통을 풀어놓으며 표현한 것에 불과했다. 어쩌면 고통을 풀어놓은 그 방식조차 결국은 나 자신을 향한 내 불만의 또 다른 얼굴일지도 모른다.

몇십 년 동안 되풀이되었던 틀을 깨는 일은 쉬운 일이 아니다. 그러나 고통이 참을 수 없을 정도로 깊어지면, 사람은 결국 그 틀을 깨고 나오게 된다. 더는 잃을 것이 없기 때문이다. 그래서 나도 부당한 비웃음이나 비난 앞에서 침묵하며 감내했던 고통을 끝내기로 했다. 나는 다른 세계로 발을 내디디며, 새로운 선택을 하기로 했다.

어린 시절, 나는 강에서 헤엄치는 것을 좋아했다. 강물을 따라 헤엄치다 보면 늘 같은 자리에 서 있는 커다란 바위와 마주치곤 했다. 그 바위는 항상 그 자리에 있었다. 그러던 어느 날, 나는 문득 깨달았다. 그 바위는 앞으로도 변함없이 그곳에 있을 거라는 것을. 그 순간 생각했다. '내가 매일 이 바위를 돌아갈 이유가 있을까? 조금만 방향을 틀면 굳이 이 바위를 돌아갈 필요가 없지 않을까?'

그랬다. 내 앞길을 가로막는 장애물 앞에서 굳이 멈춰설 필요는 없었다. 매번 같은 고통 속에 머물지 않아도 됐다. 나는 다른 길을 선택해 나아가기로 했다. 새로운 길을 선택할 용기를 냈다.

때로는 모든 것을 다르게 보고, 다르게 행동해야 할 때가 온다. 거침없이 "이제 그만!"이라고 외치고, 다른 선택을 해야 할 순간이 온다. 설령 그 새로운 길이 낯설고 외롭게 느껴지더라도, 그 길은 적어도 내 마음에 평화를 가져다줄 것이다. 반복되는 고통 속에서는 결코 평화를 찾을 수 없기 때문이다.

"그만"이라고 선언하는 순간, 내 안에서 가장 먼저 변화가 일어난다. 자존감이 한층 높아지고, 내 목소리는 더 선명해진다. 새로운 자아의 씨앗이 내 안에 심어진다. 나는 그 씨앗을 어떻게 키워야 할지 아직 알지 못했지만, 씨앗이 뿌리를 내렸다는 사실만큼은 분명히 알 수 있었다. 그리고 그다음부터는 천천히, 내가 원하는 모습으로 살아가면 된다. 한 걸음씩, 차분히.

그레이스와 나는 이런 생각들을 나누며 자연스럽게 가까워졌다. 그녀는 자신의 가족도 어렵고 힘든 시간 속에서 성장하고 교훈을 얻었다는 사실에 동의했다. 어떤 가족도 고난에서 완전히 자유로울 수는 없다. 하지만 그 어려움을 이겨내고 나면, 그 과정에서 소중한 교훈이라는 선물을 받을 수 있다고 굳게 믿었다.

우리는 사랑이란 어떤 조건도 없이, 상대를 있는 그대로 받아들이는 것이라는 데에도 동의했다. 물론, 말처럼 쉬운 일은 아니겠지만, 이보다 더 진심 어린 접근법은 없다. 사랑은 바로 그런 것이다.

그레이스는 내게 많은 이야기를 들려주었다. 자녀들의 어린 시절 이야기부터, 떠난 이웃들과 새로 이사 온 이

옷들에 관한 소소한 이야기까지 그녀의 목소리엔 따뜻함이 가득했다. 하지만 가끔 대화가 조용히 흘러가던 순간, 그녀는 죽음을 앞둔 자신의 후회에 대해 조용히 털어놓고는 했다. 이제는 시간이 얼마 남지 않았기에, 그녀는 자신에게 솔직해질 수 있었다.

우리는 각자에게 가장 중요했던 것들에 대해 허심탄회하게 이야기를 나누었다. 우리 사이에는 헛되이 시간을 흘려보내는 말이 단 한 마디도 없었다. 진실된 대화를 통해 나는 그레이스와 함께 치유되었고, 위로받았다.

대화의 주제는 자연스럽게 내 삶으로 이어졌다. 어떻게 내가 작사와 작곡을 하게 되었는지, 그리고 노래를 만들며 살아가고 있는지에 대해 이야기했다. 차를 한 잔 마시며 이야기를 나누던 중, 그레이스는 내게 말했다.

"다음에 올 땐 기타를 가져와서 노래를 들려 줄 수 있을까?"

그 부탁은 내게 더없이 즐거운 일이었다. 그다음 날부터 나는 행복한 마음으로 기타를 들고 그녀의 침실을 찾았다. 그레이스는 내가 부르는 노래를 따라 흥얼거리며 미소를 지었다. 마치 내가 만든 노래들이 세상에서 가장

나는 끝내, 나로 살지 못했다

아름다운 음악이라도 되는 듯 그녀는 귀 기울여 주었다. 때로는 그녀의 가족들도 함께 와서 내 노래를 들었다.

그레이스는 내가 만든 노래 중 유독 '호주 하늘 아래서(Beneath Australian Skies)'를 좋아했다. 그녀는 내가 계속 그 노래를 불러주기를 바랐다. "기타 없어도 괜찮아." 그녀는 조용히 말했다. 나는 매일 그녀의 침실에서 그녀를 위해 노래를 불렀다.

그녀는 눈을 감고 침대에 누워, 온 마음으로 내 노래를 받아들였다. 마치 목마른 사슴이 물을 찾듯, 내게 계속 노래를 불러달라고 했다. 나는 그녀를 위해 노래를 부르고 또 불렀다. 그 시간이 전혀 지겹지 않았다. 오히려 나를 더 풍요롭게 만드는 순간이었다.

그녀의 몸은 눈에 띄게 쇠약해졌다. 작고 연약했던 그녀의 몸은 더 작아지고 더 연약해져만 갔다. 마치 시간이 천천히 그녀를 지워가고 있는 듯했다.

친한 친구들과 친척들이 마지막 인사를 하기 위해 그녀를 찾아왔다. 그들은 침대 곁에 앉아, 울음을 삼키며 그녀와 이야기를 나누었다. 그리고 하나둘씩 마음 아픈 작별을 하고 떠났다.

그레이스의 가족들은 서로 깊은 유대를 나누는 사람들이었다. 어려운 일이 생길 때마다 언제나 힘을 합쳤고, 그레이스를 꾸준히 찾아왔다. 나는 그런 모습이 너무나 좋았다.

모두가 돌아가고 나면, 다시 그레이스와 나만 남았다. 그러면 그녀는 조용히 내게 물었다.

"노래를 더 불러줄 수 있을까?"

나는 기타를 들어 다시 노래를 불렀다. 그 순간들은 말로 표현하기 어려울 정도로 소중하고 따스한 시간이었다.

그레이스는 이제 혼자서는 거의 움직일 수 없었다. 하지만 침대 옆에 있는 환자용 간이 변기를 사용하는 일만큼은 끝까지 거부했다.

"그냥 사용해 보세요. 변기를 씻는 일은 전혀 번거롭지 않아요."

나는 여러 번 그녀를 설득해보았지만, 그녀는 고집을 꺾지 않았다. 어떻게든 화장실까지 가겠다는 그녀의 의지는 단단했다. 화장실은 침실 바로 옆에 있었지만, 내가 그녀를 부축해 도착하기까지는 한참이 걸렸다. 그 모든

나는 끝내, 나로 살지 못했다

과정이 느리고 힘들었지만, 나는 그녀의 의지를 존중하지 않을 수 없었다. 그녀는 마지막까지도 스스로의 존엄을 지키고 싶어 했다.

볼일을 마치고 나면, 나는 그녀를 도와 뒤처리를 했다. 그녀가 일어서도록 부축하며 재빨리 속옷을 끌어 올려 입혔다. 넘어지지 않도록 그녀의 균형을 잡아야 했기에, 모든 행동은 아주 신속하게 이루어졌다. 그리고 우리는 다시 침대로 돌아가기 위한 힘겨운 여정을 시작했다.

그레이스는 보행 보조기를 잡고 천천히 앞서가고, 나는 그녀의 엉덩이를 받치며 뒤를 따랐다. 때로는 급히 속옷을 올리다가 팬티 뒷부분에 잠옷이 끼어 있는 걸 나중에야 알아차리기도 했다. 그런 모습이 우습기도 하고 귀여워서 우리는 함께 웃었다. '호주 하늘 아래서'를 흥얼거리던 그녀는 가끔 가사를 틀리기도 했는데, 그럴 때 그녀는 더욱 사랑스러워 보였다.

그 순간 나는 깨달았다. 내 음악 인생의 정점은 바로 그때라는 것을. 어떤 것이라도 그 순간 내가 느꼈던 기쁨을 대신할 수는 없을 것이다. 생애 마지막 날들을 보내는 그레이스에게 내 노래는 큰 위안이 되었고, 반대로 그녀가 내 노래를 흥얼거리는 목소리는 내게 가장 큰 음악적 즐거움을 안겨주었다.

며칠 뒤, 그레이스의 집에 들어서는 순간 나는 그녀가 이제 영원히 떠날 준비를 하고 있다는 것을 느꼈다. 그녀는 죽음의 문턱에 서 있었다. 나는 가족들에게 전화해야 한다고 차분히 설명했지만, 그녀는 고개를 저었다. 이미 숨 쉬는 것조차 버거운 상태에서 그녀는 힘겹게 몸을 일으켜 나를 안으려 했다. 나는 조금이라도 그녀를 편안하게 해주고 싶어 침대로 올라가 그녀 옆에 누워 그녀를 안아주었다. 그레이스는 만족스러운 표정으로 내 팔을 가볍게 두드렸다.

"그들을 더 고통스럽게 하고 싶지 않아."

그녀는 가족을 누구보다 사랑하는 엄마였다. 하지만 나는 설득했다.

"그들에게 마지막 인사를 할 기회를 줘야 해요. 그렇지 않으면 평생 엄마의 임종을 지키지 못했다는 죄책감 속에 살지도 몰라요."

마침내 그녀는 내 말을 받아들였고, 나는 곧 가족들에게 전화를 걸었다. 그들은 서둘러 그녀 곁으로 달려왔다.

나는 끝내, 나로 살지 못했다

그들이 도착하기 직전, 그레이스는 마지막 힘을 다해 내게 속삭였다.

"브로니, 나랑 한 약속 기억하지?"

나는 목이 메어오는 것을 참으며 고개를 끄덕였다.

"다른 사람 눈치 보지 말고, 당신 마음이 원하는 대로 살겠다고 한 약속 말이야." 그녀의 목소리는 이제 거의 들리지 않을 정도로 작았다.

"약속할게요, 그레이스."

나는 부드럽게 대답하며 그녀의 손을 꼭 잡았다. 그레이스는 내 손을 놓지 않은 채 잠에 빠져들었다. 중간에 잠시 눈을 떠 침대 곁에 있는 사랑스러운 가족들을 알아보기도 했지만, 그녀는 결국 긴 낮잠을 자듯 조용히 떠나갔다.

그녀가 떠난 뒤, 나는 부엌 식탁에 홀로 앉아 그녀와 나눈 약속을 떠올렸다. 그 약속은 그레이스만을 위한 것이 아니었다. 그것은 곧 나 자신에게 한 약속이었다.

몇 달 후, 나는 자작곡을 모아 앨범을 냈다. 그리고 무대에 올라 그레이스를 위해 만든 노래를 불렀다. 관객들 속에는 그녀의 가족들도 있었다. 무대 조명 때문에 그들을 제대로 볼 수는 없었지만, 보지 않아도 알 수 있었다. 우리 사이에는 사랑이 흐르고 있었다. 그레이스는 자신이 원하는 삶을 살지 못했지만, 내게 용기의 소중함을 알려준 사람이었다. 그녀의 가족과 하나 된 마음으로, 나는 그녀를 떠올리며 노래를 불렀다.

나는 끝내, 나로 살지 못했다

삶은 포기하는 순간
멈춘다

우리의 첫 만남은 어느 토요일 오후였다. 앤서니는 병색이 어른거리는 모습 속에서도 흑갈색 곱슬머리가 빛나는 30대 후반의 남자였다. 처음 본 순간, 그의 장난기 어린 표정에 나도 모르게 웃음이 번졌다. 그의 곁에서 지내는 일은 내게도 새로운 도전이었지만, 우리는 금세 가까워졌다.

앤서니는 남동생 한 명과 여동생 네 명이 있는 꽤 이름난 집안 출신이었다. 그는 젊은 시절 원하는 건 무엇이든 손에 넣으며 인생을 마음껏 즐겼다. 자신의 특권을 능숙히 활용할 줄 알았던 그였지만, 그의 이면에는 무거운 책임감이 자리 잡고 있었다. 가문의 성공을 이어가야 한다는 막중한 부담이 그의 어깨를 짓눌렀다.

그는 풍부한 지성과 무수한 기회를 가지고 있었지만, 정작 자신을 사랑하는 법을 알지 못했다. 스스로를 의심하는 불안은 그의 삶을 그림자처럼 따라다녔고, 그는 이를 유머와 장난기로 감추려 했다. 하지만 가족이 요구하는 이상적인 모습에 도달하지 못할 것 같은 두려움은 쉽게 사라지지 않았다. 장남이라는 위치는 그에게 더욱 무거운 짐이 되었다.

그 모든 압박감을 앤서니는 무모한 행동으로 풀었다. 거리를 빠르게 질주하다 경찰에 쫓기고, 값비싼 매춘부들과 어울리며, 자신의 차를 앞지르는 사람을 쫓아 괴롭히는 일도 서슴지 않았다. 자존감이 바닥을 친 그는 스스로를 던지듯 점점 더 위험한 행동을 이어갔다.

결국, 한 사건이 그의 삶을 송두리째 바꿔놓았다. 사고로 인해 그의 사지와 장기가 심각하게 손상되었고, 건강했던 시절 누리던 자유를 완전히 잃었다. 병원에 입원한 그는 의사들의 노력에도 불구하고 완치될 가능성이 희박하다는 사실을 받아들였다. 이미 어느 정도 체념한 듯 보이는 그는 자신의 몸이 영구적으로 손상되었을 가능성을 인정하려 애쓰고 있었다.

그는 다음 수술을 최대한 빨리 잡아달라고 요청했다. 이후 몇 차례의 수술을 받았지만, 강력한 진통제를 맞아야만 겨우 잠들 수 있었다. 나는 그의 침대 곁에서 그가 잠들고 깨어나는 시간을 함께 했다. 그의 하루는 마치 매 순간이 유예된 고통처럼 보였다.

어느 날 저녁, 앤서니가 조용히 물었다.

"무슨 책을 읽고 있어요?"

당시 나는 중동에 관한 책을 읽고 있었다. 중동에서 몇 년간 살았던 나는 그곳에 대한 향수와 호기심을 여전히 간직하고 있었다. 그 지역의 삶과 역사, 그리고 편견 없이 균형 잡힌 시각으로 쓴 책들을 즐겨 읽곤 했다. 중동의 일부 국가에서 여성의 자유를 심각하게 억압하거나, 극단주의자들이 종교의 이름으로 폭력을 정당화하는 현실을 부정할 수는 없다. 하지만 나는 그것이 특정 종교의 본질을 대변한다고 생각하지 않는다. 어떤 종교든 극단주의가 개입하는 순간, 본래의 가르침을 잃기 마련이다.

삶은 포기하는 순간 멈춘다

내가 중동에서 만난 사람들은 놀라울 정도로 따뜻하고, 서로를 배려하는 데 익숙했다. 내가 여행 중에 만났던 가장 친절한 집주인 중 몇 명도 중동 사람이었다. 그들은 마음을 열어 스스럼없이 나를 환영해주었다. 호주에서 알게 된 중동 출신 사람들 역시 크게 다르지 않았다.

다양한 문화와 그 속에서 살아가는 사람들의 이야기는 언제나 나를 매혹시켰다. 이국적인 음식을 맛보는 기쁨도 빼놓을 수 없었다. 무엇보다 다른 문화권 사람들과 대화를 나눌 때, 우리는 결국 모두 비슷한 본질을 가지고 있다는 사실을 깨닫게 된다. 서구 사람이든 중동 사람이든, 혹은 그 외의 문화권에서 온 사람이든 우리는 모두 행복을 추구하고 고통 앞에서 괴로워하는 같은 인간이었다.

그래서 나는 인종차별이라는 것이 말이 안 된다고 생각한다. 서로 다른 문화와 배경을 가진 사람들 사이에서조차 우리는 공통점을 찾아낼 수 있는 존재들이다. 우리의 차이는 우리가 얼마나 비슷한지를 증명하는 또 다른 모습일 뿐이다.

앤서니는 내가 깨달은 사실들에 대해 더 많이 알고 싶

어 했다. 허브차를 끓이며 은은한 차향이 공간을 채우는 동안, 나는 최근 읽은 책에서 얻은 생각들과 지식을 그에게 들려주었다. 그러다 자연스럽게 내가 소리 내어 책을 읽어주기 시작했다. 우리는 매일 한두 시간씩 함께 책을 읽었고, 그 시간은 점점 우리의 일상이 되었다.

시간이 흐르면서 나는 앤서니가 이전에는 접해보지 못했던 분야의 책들도 읽어주게 되었다. 주제를 골라보라고 했지만, 그는 언제나 내가 읽는 책이라면 무엇이든 괜찮다며 흥미로워했다. 나는 그에게 영적인 세계에 관한 고전들을 읽어주기 시작했다. 인생, 철학, 그리고 사고의 자유에 대해 다룬 책들이었다.

책을 읽고 나면 자연스럽게 토론이 이어졌다. 그의 머리를 빗겨주거나, 상처 난 다리에 약을 발라줄 때, 움직이지 않는 팔을 들어 올려 몸단장을 돕거나, 식사를 도울 때도 우리는 책에 관해 이야기를 나누었다. 그 시간은 단순히 돌봄의 순간을 넘어, 서로의 마음을 나누는 소중한 시간이 되었다.

사고로 다친 그의 몸은 시간이 지나도 여전히 회복되지 않았다. 몇몇 부위는 조금씩 나아졌지만, 평생 장애

삶은 포기하는 순간 멈춘다

를 안고 살아야 한다는 현실은 변하지 않았다. 꾸준한 치료가 필요했기에 그는 결국 집으로 돌아갈 수 없었고, 도시에서 가장 좋은 요양원으로 옮기게 되었다. '좋다'는 표현은 단지 요양원의 가격과 홍보 책자에서 언급되는 수준일 뿐이었다.

요양원에서 그는 가장 젊은 환자였다. 칙칙한 벽과 삶의 마지막을 준비하는 노인들에 둘러싸인 환경은 점차 그를 무겁게 억눌렀다. 처음에는 그도 밝고 긍정적인 모습을 유지하려 했다. 이제는 집안 식구들이 더는 그에게 과도한 기대를 강요하지 않는다는 사실만으로도 그는 평온함을 느끼는 듯했다. 요양원에서 그는 특유의 유머로 빛을 발했고, 나이 든 환자들 사이에서 사랑받는 존재가 되었다.

하지만 시간이 흐를수록 그의 웃음은 점차 무거워지기 시작했다. 외부 자극이 거의 없는 환경은 그의 지성을 서서히 둔화시켰고, 그는 점점 그곳에 동화되어 갔다.

사람은 환경에 따라 쉽게 영향을 받는 존재다. 스스로 판단하고 자신의 마음이 이끄는 대로 살아갈 힘을 지녔다고 해도, 특별히 깨어 있지 않은 이상 환경의 영향을 피하기란 쉽지 않다.

이것은 성공을 좇는 이들 역시 마찬가지다. 이미 안정된 삶을 사는 사람들조차 더 큰 성공을 향해 나아가려 하고, 새로운 소득 수준에 맞추어 새로운 친구를 사귀려한다. 이러한 욕망은 내면의 변화를 일으켜 새로운 환경을 찾아가게 만든다. 하지만 새로운 환경이 반드시 행복을 보장하지는 않는다.

많은 시골 사람들이 도시로 이사한다. 그들은 도시의 생활에 적응하며 도시 특유의 유행과 바쁜 생활 형태에 영향을 받는다. 반대로, 도시에서 자란 사람들이 시골로 이사하면 그곳의 느린 생활 리듬과 단순한 환경에 적응하며 행복을 찾는다. 도시인의 꼬리표를 떼고 고무장화를 신고 땅을 일구며 새로운 기쁨을 느끼기도 한다.

나 역시 20대 중반에 꽤 즐거운 시간을 보냈다. 하지만 20대 초반은 전혀 그렇지 않았다. 19살에 약혼을 했고, 주택 대출(모기지) 상환 압박에 허덕였다. 당시의 파트너와의 관계는 이미 삐걱거렸고, 나는 단지 하루하루를 견뎌 낼 뿐이었다. 지금 돌이켜보면 그 시간을 어떻게 버텼는 지조차 모르겠다. 그의 분노, 지나친 정신적 학대, 그리고 고통스러운 심리 게임은 점차 내 자신감을 무너뜨렸다.

은행에서 새로운 일자리를 구할 때쯤, 내 상황은 한 계에 가까워져 있었다. 다행히도 새 직장의 멋진 동료들 덕분에 나는 조금씩 안정감을 되찾았고, 미래를 꿈꿀 여유도 생겼다. 나는 현실에서 걸어 나와 새로운 출발을 결심했고, 북쪽 해안 지역으로 이사해 그곳에서 직장을 구했다.

얼마 지나지 않아 나는 춤과 자유로운 파티의 매력에 흠뻑 빠져들었다. 그 시절은 마치 모든 걱정에서 벗어난 듯한, 순수한 행복의 순간들로 가득 차 있었다. 마약은 내 주변에서 너무나 흔했고, 나는 그런 환경에서 한동안 무방비로 흔들렸다. 지금은 술이 나와 맞지 않는다는 것 을 알아 거의 마시지 않지만, 그때도 술보다는 다른 유 혹에 더 쉽게 휘둘렸다. 1년도 채 되지 않아 나는 다양한 약물들을 접했다. 당시에는 그런 것이 얼마나 위험한지 깊이 알지 못했다. 집에서 키운 대마로 만든 마리화나는 친구들 모임에서 흔한 것이었고, 아편을 권하는 친구의 제안도 거절하지 않았다.

새로운 것을 시도하는 건 두렵지 않았지만, 대부분의 약물은 한 번의 경험으로 충분하다고 생각했다. 감사하게도, 헤로인은 아예 손도 대지 않았지만, 아편, 마술 버섯, LSD, 코카인 같은 약물도 단순한 호기심에 한 번씩만 접했다. 그런 모든 일이 1년 안에 일어났고, 그 이후로 다시는 손대지 않았다.

지금 돌아보면, 그런 선택들은 유년기의 상처와 실패로 끝난 약혼, 그리고 그 과정에서 잃어버린 내 자신감 때문이었을 것이다. 내가 겪었던 좌절감은 자존감 부족이라는 내면의 상처와 맞물려 있었다.

약물을 남용하는 생활이 내게 맞지 않는다는 사실을 깨닫는 데는 오래 걸리지 않았다. 새로운 약물을 시도하며 순간적인 도취감을 느끼는 동안에도, 내 안에서는 이런 목소리가 들렸다. '나는 단지 새로운 걸 경험하고 싶었을 뿐이야. 정신없이 취하고 싶은 게 아니야.' 나는 의식적으로 건강한 삶이 더 좋다는 것을 이해했지만, 내 무의식은 여전히 외부 환경과 다른 사람들의 의견에 크

삶은 포기하는 순간 멈춘다

게 의존하고 있었다.

그 후 나는 섬에서 한동안 지낸 후 영국으로 건너갔다. 몇 년간 그곳에서 살면서 나는 마을 술집에서 맥주를 마시는 소소한 일상에 익숙해졌다. 그 시절에도 주변에는 여전히 마약이 흔했다. 동네 청년들은 눈동자가 확장된 채로 술집에 들어와 밤새 이를 갈며 마약의 효과에 젖어 있었다. 시간이 흘러도 그들의 일상은 전혀 변하지 않았다. 나는 그런 모습을 보며 마약을 하는 것이 과연 가치가 있는 일인지 끊임없이 스스로에게 질문했다. 마약은 현실감을 흐리게 만들었고, 그들에게는 그저 지루함을 피하려는 도피처에 불과했다. 그러나 마약의 효과가 사라지면 찾아오는 우울함과 피로감은 그들을 더욱 무기력하게 만들었다.

가끔 나도 파트너인 딘과 함께 마약을 해볼까 하는 생각이 스치곤 했다. 하지만 곧 그것이 우리에게 맞지 않는다는 것을 깨달았다. 나는 마약 때문에 삶이 망가지는 모습을 너무 많이 보았고, 그런 일이 내게도 일어나도록 내버려 두고 싶지 않았다. 그럼에도, 내 삶의 전환점을 가져온 사건이 벌어졌다. 그것은 더 나은 선택을 하지 못하고 환경에 휘둘렸던 결과였다.

당시 딘은 주말 내내 일하느라 바빴다. 나는 다른 마을 친구들과 어울려 그날 밤 런던으로 가는 기차에 몸을 실었다. 20대 후반이었지만, 레이브 파티(창고 같은 곳에 모여 전자 음악을 틀고 춤추는, 자유로운 분위기의 파티)라는 것을 한 번도 경험해본 적이 없었다. 이유는 간단했다. 내가 좋아하는 음악을 틀지 않기 때문이다. 그러나 친구들은 나를 설득했다. "집에 혼자 있는 것보다 훨씬 나아. 네 인생은 지금이 전성기잖아. 이 기회를 놓치면 나중에 후회할걸." 결국 나는 그들의 말에 넘어가 기차에 올랐다.

런던으로 향하는 기차에서, 8명의 친구는 끊임없이 내게 엑스터시를 권했다. 나는 엑스터시를 처음 경험했던 때가 떠올랐다. 그저 몽롱하게 취한 상태로 어리석은 밤을 보냈고, 약 기운이 빠진 후에도 별다른 후유증 없이 잘 견뎌냈다. 그러나 즐겁지는 않았다. 며칠 동안 속이 메스껍고 몸이 무거워지는 느낌이 싫었다. 그 경험으로 나는 엑스터시에 대한 흥미를 잃었고, 다시는 하지 않기로 했었다.

"한 알쯤은 괜찮아. 런던 사람들은 매주 몇 알씩 먹는

삶은 포기하는 순간 멈춘다

다잖아." 결국 나는 스스로 그 유혹을 이기지 못하고 알약을 삼켰다.

클럽에 들어서자 귀청을 찢는 듯한 테크노 음악이 스피커를 통해 쏟아졌다. 디지털 음악보다는 어쿠스틱 음악을 선호했던 나는 처음부터 음악이 마음에 들지 않았다. 약 기운이 온몸에 퍼져 땀이 비가 오듯이 쏟아졌다. 나는 무대 위로 올라가 친구들과 함께 있으려 했지만, 사람들과 부딪힐 때마다 폐소공포가 몰려왔다.

나는 비틀거리며 조용한 구석을 찾으려 애썼다. 낮게 울리는 베이스 음이 마룻바닥과 내 몸을 쿵쿵 울려댔다. 곁에서 춤을 추는 이들의 웃는 얼굴이 흐릿해지며 어딘가로 사라져갔다. 그 순간 나는 정신을 잃을 것만 같아 어디든 안전한 곳으로 피해야만 했다.

몽롱한 상태로 여자 화장실을 향해 간신히 걸어갔다. 머릿속은 클럽의 소음, 웃음소리, 그리고 번쩍이는 조명들로 뒤엉켜 있었다. 화장실 한 칸에 들어가 문을 닫았지만, 그곳에서 밤을 버틸 수 없다는 건 금방 알 수 있었다. 끊임없이 문을 두드리는 소리에 그 공간을 포기해야 했다.

밖으로 나가는 것도 답이 아니었다. 겨울의 차디찬 공

기가 뼛속까지 파고들 것만 같았고, 첫차는 새벽 6시에
나 있었다. 화장실 안에 앉아 있으면서도 사람들의 웃음
소리와 발자국 소리가 머릿속을 더 어지럽게 만들었다.
온 세상이 나를 조롱하는 듯한 느낌이었다. 그러다 문득
눈에 띈 것이 화장실 창문이었다. 창문이 꽤 크고 창턱
도 넓어 보였다. 그곳이 나만의 피난처가 될 수 있을 것
같았다.

　세면대를 딛고 올라가 간신히 창턱에 몸을 웅크렸다.
차가운 유리창에 등을 기대니 얼음장처럼 차가운 감각
이 내 온몸을 감쌌다. 그 차가운 감각이 오히려 나를 조
금 진정시켜 주었다. 아래를 내려다보니 세면대와 화장실
의 혼잡한 광경이 눈에 들어왔다. 소란스럽고 혼란스러
운 세상이었지만, 적어도 이 창턱은 나만의 작은 피난처
같았다.

　땀은 계속 흘렀다. 속은 뒤집히고 심장은 마치 폭발할
것처럼 빠르게 뛰었다. 차가운 창문에 기대 숨을 고르려
애썼다. 나는 속으로 기도했다. '오늘 밤만 무사히 넘길
수 있게 해주세요.' 그러나 몸은 조금도 진정되지 않았
다. 의사에게 도움을 청해야 할 것 같았지만, 불법 약물

을 사용한 것이 문제가 될까 두려워 아무런 도움도 요청하지 못했다.

"괜찮으세요?"

낯선 여자의 목소리가 들려왔다. 아래를 내려다보니 그녀가 내 청바지 끝을 조심스레 잡아당기며 올려다보고 있었다. 그녀의 목소리는 희미하게 들렸지만, 대답하기엔 내가 너무 지쳐 있었다. 나는 그저 입을 반쯤 벌린 채 머리를 유리창에 기대고 천장을 바라보고만 있었다.

"괜찮으세요?"

그녀가 다시 물었다. 간신히 힘을 내 그녀를 향해 고개를 끄덕였다. 그녀는 이어 물었다. "물 좀 드릴까요?" 나는 어깨를 으쓱하며 대답 대신 몸짓으로 답했다. 잠시 후, 그녀는 물 한 병을 들고 돌아왔다.

"이거 마셔요."

그녀가 건넨 물을 마시면서 나는 조금씩 정신을 차리기 시작했다. 그녀는 몇 번이고 물을 채워주며 내 옆에 있어 주었다. "고마워요." 나는 간신히 미소를 지으며 속삭이듯 말했다. 말은 짧았지만, 그 순간 그녀가 내 옆에 있어 주었다는 사실만으로 나는 어둠 속에서 한 줄기 빛을 본 것 같았다.

그날 밤 내내 나는 창턱에 웅크리고 앉아 있었다. 그녀는 몇 번이나 화장실에 들러서 내 상태를 확인하며 물을 가져다주었다. 그녀가 누구인지도 모르고, 왜 그렇게까지 나를 도와줬는지도 알 수 없었지만, 그녀가 없었다면 그 밤이 얼마나 끔찍했을지 상상조차 하기 어려웠다.

클럽이 문을 닫기 30분 전, 그녀는 조심스럽게 나를 창턱에서 내려줬다. 여전히 약 기운에 정신이 온전하지 않았지만, 이제 조금은 말도 하고 웃을 수도 있었다. 우리는 몇 마디 짧은 농담을 주고받았다. 그녀는 나를 클럽 안으로 데리고 가 친구들을 찾아줬다. 걱정으로 가득했던 친구들의 얼굴에는 나를 다시 보게 된 안도감이 묻어났다. 그녀는 내 손을 친구에게 넘기며 "잘 돌봐주세요."라는 말과 함께 부드러운 미소를 남기고 떠났다.

귀가하는 기차 안에서 친구들은 여전히 밤의 여운을 떠올리며 웃고 떠들었지만, 나는 창문에 머리를 기댄 채 조용히 앉아 있었다. 심장은 여전히 빠르게 뛰었고, 그저 시간이 지나 약기운이 가라앉기만을 바랐다.

이틀 꼬박 잠을 잔 뒤에야 나는 눈을 떴다. 천장을 바

삶은 포기하는 순간 멈춘다

라보며 생각했다. '내 몸이 이 밤을 견뎌줬구나.' 그제야 비로소 나는 내 몸이 얼마나 소중한지, 얼마나 많은 것을 버텨왔는지 깨달았다. 그리고 다짐했다. 이제부터는 내 몸과 마음을 진심으로 소중히 여기며 살겠다고.

　몇 년이 지나 누군가 다시 엑스터시를 권했을 때, 나는 단 1초도 망설이지 않고 단호히 거절했다. 그 순간, 나는 스스로가 얼마나 변했는지를 확실히 알 수 있었다. 이전의 내가 아닌, 건강하고 안정된 환경 속에서 새로운 나를 키워가고 있었다.

　지금의 내 생활은 조화로웠다. 친구들과 함께 건강한 음식을 나누고, 허브차를 끓이며 나누는 대화는 따뜻했다. 강가를 따라 산책하거나 물속에서 느끼는 자유는 어느새 내 삶의 한 부분이 되었다. 그런 순간들 속에서 비로소 나는, 나에게 가장 잘 맞는 삶의 리듬을 찾았다는 확신이 들었다. 나는 기꺼이 이런 환경의 지배를 받으며 살기를 선택했다.

요양원에서의 첫해, 앤서니는 여전히 날카로운 지성과 유머를 잃지 않았고, 내가 방문할 때마다 시사 문제에 대해 이야기를 나누곤 했다. 그의 눈빛은 여전히 반짝였고, 대화는 그의 내면 깊은 곳에서 생명을 불러일으키는 듯했다. 앤서니는 내 삶에 대한 진심 어린 관심을 보이며 자신의 생각을 나눴다.

우리는 종종 요양원을 벗어나 함께 시간을 보냈다. 햇볕 아래에서 지나가는 사람들과 농담을 주고받으며 걷기도 했고, 정원에 앉아 새소리를 들으며 깊은 이야기를 나누기도 했다. 그 순간들 속에는 웃음이 넘쳤고, 서로에 대한 신뢰와 이해가 있었다.

그러나 시간이 흐르면서, 그의 내면에는 깊은 좌절이 자리 잡았다. 새로운 기술을 배우거나 더 나은 삶을 위해 무언가를 시도하라는 가족과 친구들의 권유에도 그는 늘 고개를 저었다. "나는 괜찮아. 이건 내 운명이야. 그냥 받아들일 거야." 그 말속에는 자신의 과거를 용서하지 못하는 앤서니의 무거운 마음이 묻어 있었다.

나는 애써 그를 위로했다. "앤서니, 당신은 충분히 당신의 몫을 치렀어요. 그리고 당신은 지금의 상황에서 많

은 걸 배우고 있잖아요. 그게 중요한 거예요." 하지만 이
위로는 그의 마음에 닿지 못했다. 그는 과거의 실수에
묶여 자신의 현재를 스스로 가두고 있었다.

앤서니는 요양원의 느리고 단조로운 일상에 스스로를
완전히 가두었다. 그는 더 나은 삶을 향한 작은 걸음조
차 내딛으려 하지 않았다. 오히려 그의 장애를 핑계 삼
아 아무것도 시도하지 않아도 된다는 사실에 안도감을
느끼는 것 같았다. 그의 삶은 점점 정지된 화면처럼 굳
어 갔다.

나는 그를 외면할 수 없었다. 시간이 지나도 가끔씩 앤
서니를 찾아가 그의 이야기를 듣고 내 이야기를 나누었
다. 그러나 일방적인 우정은 누구에게나 지치기 마련이
다. 앤서니와의 우정도 그의 일상처럼 점차 빛을 잃어갔
다. 매일 같은 자리에서 같은 풍경을 바라보는 그의 일
상처럼, 우리의 관계도 서서히 멈춰 갔다.

앤서니는 나를 포함해 그 누구에게도 먼저 전화를 걸
지 않았고, 내가 찾아가도 대화의 내용은 늘 비슷했다.
그의 건강 상태, 특히 장 운동에 대한 이야기나, 요양원
직원들의 무례한 태도에 대한 불평이 반복됐다. 이런 대

화의 패턴은 그가 더는 자신의 삶에 흥미를 느끼지 않는 다는 것을 암시하는 듯했다.

그는 젊었지만, 이미 노인의 모습과 크게 다르지 않아 보였다. 요양원에서 가장 어린 환자였지만, 이제는 그곳 의 다른 노인들과 다를 바 없어 보였다. 앤서니는 그의 환경에 완전히 지배당하고 있었다. 한때 유머와 지성이 가득했던 이 사랑스러운 사람이 점차 빛을 잃어가는 모 습을 지켜보며, 나는 마음이 원하는 삶을 살아가는 데 있어 용기가 얼마나 중요한지 절감했다.

몇 년이 흐른 뒤, 그의 동생으로부터 전화가 왔다. 앤 서니가 세상을 떠났다는 소식이었다. 그의 마지막 순간 은 내게 낯설지 않았다. 그는 끝까지 변하지 않았다. 가 족들이 그를 요양원 밖으로 초대하려 했지만, 그는 끝내 거절했다. "날 그냥 내버려 둬. 여기가 편해." 그의 마지 막 말이었다고 한다.

앤서니의 이야기는 내게 많은 질문을 던졌다. 그는 무 엇을 생각하며 생을 마감했을까? 후회와 아쉬움으로 가 득 차 있었을까, 아니면 그저 모든 것을 내려놓은 평온함 속에서 숨을 거두었을까?

삶은 포기하는 순간 멈춘다

앤서니의 삶은 내게 쓰디쓴 교훈을 남겼다. 그의 삶은 나에게 묻고 있었다. "앞으로 나아간다는 것은 무엇인가?" 실패란 단순히 무언가를 이루지 못했음을 의미하지 않는다. 앤서니의 가장 큰 실패는 더 나은 삶을 향한 도전 자체를 포기했다는 점이다. 그는 새로운 삶의 가능성 앞에서 스스로를 닫아버렸고, 결국 그의 환경에 갇혀버렸다.

앤서니는 부유한 가정에서 태어났고, 지적 능력도 뛰어난 사람이었다. 그의 삶에는 무수한 가능성이 있었다. 하지만 그의 재능과 기회는 결국 사용되지 못한 채 남겨졌고, 그는 스스로 만든 벽 안에서 생을 마감했다.

그의 이야기는 내게 깊은 고민을 남겼다. 우리 모두가 환경의 영향을 받을 수밖에 없는 존재라면, 좋은 환경을 선택하는 것이 가장 현명한 일이 아닐까? 하지만 '좋은 환경'이란 단순히 안전한 장소나 조건을 의미하지 않는다. 그것은 우리가 원하는 삶으로 이끌어주는 환경이어야 한다. 그리고 그런 환경을 선택했다고 해서 모든 것이 저절로 해결되는 것은 아니다. 삶을 변화시키는 데에는 용기가 필요하다.

우리는 주변 환경이 내게 끼치는 영향을 의식적으로 살피고, 그것에 휘둘리지 않으려는 노력을 기울여야 한다. 깨어 있는 정신과 그것을 지켜내는 용기 없이는, 원하는 삶은 결코 스스로 다가오지 않는다.

앤서니를 떠올리며, 나는 자주 스스로에게 묻는다.

"나는 내 삶을 온전히 살고 있는가? 아니면 환경에 지배당하고 있는가?"

삶은 포기하는 순간 멈춘다

2장

내가 그렇게
열심히 일하지 않았더라면

놓쳐버린
소중한 순간들

물기를 닦던 접시를 내려놓고, 존이 사무실로 쓰는 방에서 들려오는 웃음소리에 귀를 기울였다. 소년 같은 장난기 어린 웃음이었다. "맞아, 그녀는 딱 좋은 나이야." 전화기 너머로 누군가와 대화를 나누던 존이 웃으며 내 이야기를 하고 있었다. 그의 목소리에는 기분 좋은 장난스러움이 묻어났다. 아흔을 바라보는 존, 그리고 이제 막 삼십 대인 나. 그 순간, 오래전 한 노인이 건넨 말이 떠올랐다. "모든 남자는 나이가 들어도 소년이야." 혼자 피식 웃으며 고개를 끄덕였다.

잠시 후, 사무실에서 나온 존은 다시 세련된 신사의 모습으로 돌아와 있었다. 조금 전의 장난기는 온데간데없었다. 그는 나를 데리고 나가 점심을 대접하고 싶다며, 핑크 드레스를 가지고 있는지 물었다. 없다면 하나 사주고 싶다는 말도 덧붙였다. 나는 이미 핑크 드레스가 있었기에 공손히 웃으며 그의 제안을 거절했다. 간병인이 화사한 드레스를 입고 외출하는 일은 흔치 않았지만, 삶의 끝자락에 선 노신사를 돕는 일은 나 역시 마음이 따뜻해지는 일이었다. 그렇게 마음을 전하자, 존의 얼굴에도 웃음이 번졌다.

우리가 도착한 곳은 고급 레스토랑이었다. 가장 전망이 좋은 자리로 2인 테이블이 예약되어 있었다. 금테가 둘린 해군 자켓을 입은 존은 단정하고 깔끔해 보였다. 면도 후 바른 크림의 은은한 향기가 그의 세심함을 느끼게 했다. 그는 내 허리에 살짝 손을 얹고 테이블까지 부드럽게 안내했다. 창밖의 풍경에 눈길을 주던 나는 존이 다른 테이블에 앉아 있던 노인 네 명에게 윙크하는 장면을 얼핏 보았다. 그들은 나를 힐끔거리다 들킨 것을 깨닫자 멋쩍은 표정으로 돌아섰다.

"선생님 친구분들이시죠?" 내가 웃으며 물었다. 존은

잠시 머뭇거리더니, 친구들에게 나처럼 건강하고 매력적인 간병인을 만났다고 자랑하고 싶었다고 솔직하게 말했다.

나도 모르게 웃음이 나왔다. "제 나이라면 어떤 여자든 선생님 또래분들에게는 그렇게 보이지 않을까요?" 그렇게 농담처럼 시작된 식사는 존의 우아한 식사 매너 덕분에 차분하고 품위 있는 시간이 되었다. 문득 내 또래의 남자들이 존처럼 점잖고 배려심 깊은 매너를 조금이라도 배운다면 얼마나 좋을까 하는 생각이 들었다. 그는 미리 레스토랑에 전화를 걸어 내가 채식주의자라는 사실을 알렸고, 덕분에 특별히 준비된 채소 요리를 맛볼 수 있었다.

존의 친구들은 우리의 점심을 방해하지 않았다. 테이블 근처로 다가오는 일조차 없었다. 식사가 끝난 후, 존은 나를 친구들에게 소개하고 싶어 했다. 그들은 이미 식사를 마친 채로 우리를 기다리고 있었다. 존은 살포시 내 허리에 손을 얹고 친구들이 있는 테이블로 안내했다. 그 순간만큼은 내가 그의 완벽한 동반자가 되어야겠다고 생각했다. 나는 자연스럽게 미소를 지으며 그들과 인

놓쳐버린 소중한 순간들

사를 나누었고, 존이 모든 주목을 받을 수 있도록 신경
썼다. 그는 자신감에 차서 빛났다. 마치 화려한 깃털을
세우며 우쭐하는 수탉처럼 보였고, 그런 그의 모습은 약
간 우스꽝스러우면서도 어딘가 사랑스럽게 느껴졌다.

하지만 이렇게 자신감 넘치고 멋진 모습 아래에는, 생
의 끝자락에 선 한 남자가 있었다. 오늘 점심 외출이 그
의 마지막 나들이가 될지도 모른다는 생각에 마음이 무
거워졌다. 이런 외출이 혹시 그의 몸에 무리를 준 것은
아닌지도 걱정이 되었다. 집으로 돌아와 드레스를 벗고
실용적인 간병인 작업복으로 갈아입고 나타나자, 존은
아쉬운 기색을 감추지 못했다. 나는 그를 조심스럽게 침
대로 인도했다. 오늘 나들이가 그를 분명 기쁘게 했겠지
만, 피로가 밀려드는 것은 어쩔 수 없었다.

죽음을 앞둔 사람들의 에너지는 섬세하고 연약하다.
몇 시간의 외출만으로도 한 주 내내 벽돌을 나른 것처
럼 느껴질 수 있다. 그만큼 그들의 체력은 쉽게 소진되
곤 한다. 그래서 가끔 가족이나 친구들이 선의로 찾아
온 병문안이 오히려 환자에게 큰 부담이 될 수 있다는
점을 미처 인지하지 못하기도 한다. 마지막 날들이 다가

올수록, 5분이나 10분의 짧은 방문조차 버거운 일이 될 수 있다. 특히 방문객들이 계속 이어질 때는 그 부담이 더욱 커진다.

다행히 그날 오후는 오롯이 존과 나만의 시간이었다. 그는 오랜만에 깊은 잠에 빠져들었다. 나는 드레스를 개어 가방에 넣으면서, 점심 나들이가 그에게 얼마나 큰 기쁨을 주었는지 곱씹었다. 그리고 그 기쁨은 나에게도 고스란히 전해져, 따뜻한 여운을 남겼다.

존이 나처럼 젊은 간병인을 고용한 또 다른 장점은 내가 그보다 컴퓨터를 더 잘 다룬다는 것이었다. 존은 90세라는 나이가 믿기지 않을 만큼 기술의 흐름에 뒤처지지 않으려 노력했지만, 폴더 정리나 파일 관리 같은 기본적인 사용법에는 서툴렀다. 문서들은 엉망진창으로 흩어져 있었고, 그걸 볼 때마다 어디서부터 손을 대야 할지 막막했다. 그래서 그가 잠든 사이, 나는 목차와 카테고리를 만들어 수백 개의 문서를 깔끔하게 정리했다. 잠에서 깨어난 그는 내게 고마워했지만, 그 나이에 컴퓨터를 이 정도로 다룬다는 것만으로도 존은 충분히 놀라운 사람이었다.

놓쳐버린 소중한 순간들

그다음 주부터 존의 건강 상태는 눈에 띄게 악화되기 시작했다. 이제 그는 다시는 집을 떠날 수 없을 것이다. 남은 시간이 몇 주가 될지, 며칠이 될지는 알 수 없었지만, 그의 몸은 빠른 속도로 쇠약해져 갔다.

그날 오후, 그는 발코니에 앉아 하버브리지와 오페라 하우스 너머로 지는 해를 바라보고 있었다. 실내복과 슬리퍼 차림으로, 식사하려고 애썼지만 쉽지 않았다.

"괜찮아요. 먹고 싶은 만큼만 드세요."

우리 둘 다 그 말 너머의 의미를 알고 있었다. 존은 고개를 끄덕이며 포크를 내려놓고 접시를 내게 밀었다. 나는 트레이를 한쪽으로 치워두고, 그와 함께 해가 지는 광경을 조용히 바라보았다.

평화로운 분위기 속에서, 존이 문득 입을 열었다. "그렇게 열심히 일하지 않았더라면 좋았을 텐데……" 그의 목소리에는 후회의 그림자가 짙게 배어 있었다. "브로니, 내가 얼마나 어리석었는지 이제야 알겠어." 나는 그의 옆 안락의자에 앉아 조용히 그의 얼굴을 바라보았다. 그는 말을 이었다. "너무 열심히 일했어. 이제 나는 혼자고, 죽어가고 있지. 최악인 건, 은퇴하고 나서도 줄곧 외롭게 지냈다는 거야. 그렇게까지 할 필요가 없었는데."

그의 목소리는 멀고 깊은 어딘가에서 끌어올린 것처럼 나지막했고, 나는 묵묵히 그의 이야기를 들었다. 존과 그의 아내 마가렛에게는 다섯 명의 자녀가 있었다. 그중 네 명은 결혼해 각자의 가정을 꾸렸지만, 나머지 한 명은 안타깝게도 삼십 대 초반에 세상을 떠났다. 자녀들이 모두 집을 떠나자, 마가렛은 남편에게 은퇴를 권유했다. 그들은 건강했고, 은퇴 후에도 여유롭게 살 만큼 충분한 돈이 있었다. 그러나 존은 항상 말했다. "더 많은 돈이 필요할지 몰라." 마가렛이 집을 줄여 비용을 아끼자고 해도 그는 늘 같은 말을 반복했다. 그들의 말다툼은 15년 동안 이어졌다.

마가렛은 외로웠다. 자녀도, 일도 사라진 텅 빈 집에서 그녀는 다시 남편과 동반자적인 관계를 찾고 싶어 했다. 몇 년간 여행 안내 책자를 뒤적이며 가보고 싶은 장소들을 이야기했다. 그녀의 눈빛은 설렘으로 빛났고, 존도 여행을 좋아했기에 조만간 꼭 가보자며 그녀의 제안에 동의했다. 하지만 그 약속은 늘 뒤로 미뤄졌다.

존은 사실 일이 주는 지위를 즐기고 있었다. 일을 통

놓쳐버린 소중한 순간들

해 사회적 존경을 받고, 친구들 사이에서 인정받는 기쁨을 놓을 수 없었다. 그는 일 자체를 사랑했다기보다, 성공적인 거래와 협상에서 느끼는 희열에 중독되어 있었다. 그 희열은 그를 계속해서 바쁘게 만들었고, 마가렛의 외로움은 점점 더 깊어졌다.

어느 저녁, 마가렛은 눈물을 흘리며 존에게 은퇴를 간곡히 부탁했다. 그녀는 존이 얼마나 일에 몰두하고 있는지 알았지만, 그녀 자신이 얼마나 외롭고 고립되어 있는지도 알아주길 바랐다. 존은 아내가 느끼는 깊은 외로움을 깨닫고 놀랐다. 그는 처음으로 자신도 마가렛처럼 나이가 들었고, 두 사람의 인생이 언젠가 끝날 수도 있다는 사실을 받아들였다. 그녀를 바라보며 그는 생각했다. 그녀는 여전히 처음 만났을 때처럼 아름다웠다. 하지만 그 아름다움과 함께 그녀의 눈에는 피로와 간절함이 담겨 있었다.

존은 은퇴를 약속했다. 마가렛은 눈물을 흘리며 깡충 뛰어올라 그를 끌어안았다. 슬픔에서 기쁨으로 바뀐 그녀의 눈물은 존에게도 안도감을 주었다. 하지만 그 기쁨은 오래가지 않았다. 존이 조심스레 덧붙인 말 때문이었다. "일 년만 더 기다려줘." 그는 당시 회사에서 중요한 거래가 진행 중이라며, 그것만 마무리하고 싶다고 했다. 마가렛은 이미 15년을 기다렸기에 일 년쯤 더 기다리는 일이 대수롭지 않다고 스스로를 다독였다. 그녀는 그를 이해하려 애썼고, 마지못해 고개를 끄덕였다.

시간은 흘렀고, 존은 그 약속을 지킬 준비를 하고 있었다. 존은 당시의 선택이 이기적이었다고 솔직히 인정했다. 하지만 그는 그 거래를 끝내야만 마음이 편할 것 같았다고 나지막이 말했다.

그 후 마가렛은 여행 안내 책자를 뒤적이며 실제로 은퇴 후의 삶을 계획하기 시작했다. 날마다 여행지 이야기를 꺼내며 흥분된 마음으로 저녁 식사를 준비했다. 존 역시 점차 그녀의 설렘을 함께 느꼈다. 이제 은퇴라는 단어가 존의 머릿속에서도 현실처럼 자리 잡았다.

하지만 4개월이 지났을 때, 마가렛에게 이상 증세가 나타났다. 그녀는 처음에는 단순한 메스꺼움 정도로 여겼지만, 며칠이 지나도 나아지지 않았다. 결국 병원에 가기로 했다.

"내일 병원 예약을 했어요." 존은 밤늦게 귀가해 그녀

놓쳐버린 소중한 순간들

의 말을 들었다. 창밖으로 자동차 불빛이 끊임없이 이어지며 방 안을 희미하게 비췄다.

마가렛은 애써 명랑한 목소리로 "뭐, 별일 있겠어요?"라며 남편을 안심시키려 했지만, 존은 그녀의 건강이 좋지 않다는 것이 마음에 걸렸다. 그러다 다음 날 밤, 그녀가 더 많은 검사를 받아야 한다고 말하자, 단순히 사소한 문제가 아니라는 것을 깨달았다. 그녀의 불편함과 고통이 점점 심해지고 있었다. 단지 그들은 그것이 얼마나 심각한 문제인지 아직 알지 못했을 뿐이다. 그리고 그 답은 가혹할 만큼 명확했다. 마가렛은 죽어가고 있었다.

우리는 종종 다가올 일들을 준비하고 걱정하느라 지금 이 순간을 잊고 살아간다. 미래의 행복을 확실히 보장받고 싶다는 이유로, 정작 오늘의 삶은 흘려보내곤 한다. 그리고 간혹 우리에게 허락된 시간이 오늘뿐일 때조차, 우리는 그것을 자각하지 못한 채 살아간다. 존이 느끼는 깊은 후회와 슬픔은 낯설지 않았다. 그는 자신의 지난 삶을 돌아보며, 얼마나 많은 시간을 일에 몰두했는지를 자책했다. 하지만 나는 그의 후회를 완전히 이해하면서도, 그것이 전부 잘못이라고는 말할 수 없었다.

"당신은 일을 사랑했잖아요. 그게 잘못인가요?"

내가 조심스럽게 묻자, 그는 고개를 들었다. 그의 눈에는 약간의 놀라움과 함께 오래된 슬픔이 비쳤다. 나는 다시 물었다. "마가렛의 헌신적인 도움이 없었다면, 당신이 그렇게 일을 즐길 수 있었을까요?"

존은 천천히 고개를 저었다. 한참을 생각하던 그는 낮은 목소리로 말을 이었다.

"확실히, 내가 일을 참 좋아했어. 사회적으로 인정받고 지위를 누리는 것도 좋았지. 근데 이제 와서 돌아보면, 그게 다 무슨 의미가 있었나 싶네. 정말 중요한 것들, 내 삶의 진짜 이유가 되는 것들에는 시간을 쓰질 못했지. 마가렛과 우리 가족...... 내 사랑 마가렛. 아내는 나한테 사랑과 도움을 아낌없이 줬는데, 난 그녀를 위해 한 게 거의 없었던 거 같아. 마가렛은 정말 재미있고 따뜻한 사람이었거든. 우리, 충분히 더 즐겁게 살 수 있었을 텐데...... 그러질 못했어." 그의 목소리에는 후회와 미안함, 그리고 꾹 누르려 해도 차오르는 아내에 대한 사랑이 담겨 있었다.

마가렛은 존이 은퇴하기로 약속했던 날을 기다리지 못

놓쳐버린 소중한 순간들

한 채 세상을 떠났다. 그녀가 아프다는 사실을 알게 된 후 그는 모든 일을 정리하고 아내 곁에 머물렀지만, 그 시간은 너무 짧았다. 마가렛이 떠난 후 그는 죄책감과 외로움에 시달렸다. 그는 자신이 너무 늦었다는 사실을 받아들이며, 그럼에도 그 시간을 되돌릴 수 없음을 견디며 살아가고 있었다.

"나는 지위를 잃고 인정받지 못할까 봐 겁이 났던 것 같아. 두려움에 사로잡혀 있었던 거지. 어쩌면 내가 가진 지위가 나를 증명한다고 여겼던 걸지도 몰라. 그런데 이제 죽음을 앞두고 보니까, 인생에서 정말 중요한 건 아주 단순하더군. 좋은 사람이 되는 것, 그리고 사랑하는 사람들과 시간을 보내는 것. 그걸로도 충분했을 텐데...... 우린 왜 스스로를 증명하려고 그토록 애썼는지 모르겠어. 그것도 결국 물질적인 걸 통해서 말이야."

그의 목소리는 바닥에 깔린 먼지를 쓸어 올리듯 낮고 거칠었다. 존은 자신이 무엇을 이루고 무엇을 가졌는지를 중요하게 생각했던 과거를 되돌아보며 자책하며 말을 이었지만, 일을 사랑했던 자신을 완전히 부정할 수도 없었다.

"더 나은 삶을 꿈꾸는 게 잘못은 아니지."

존의 목소리는 깊고 낮았다. 그 말은 마치 자신에게도, 나에게도 동시에 던지는 질문처럼 들렸다. "문제는 업적이나 소유물로 자신을 증명하려는 욕망이, 결국 우리가 진짜 사랑하는 사람들과의 시간을 앗아간다는 거야. 그래서 나는 균형이 참 중요하다는 걸 이제야 깨닫게 됐어. 안 그런가?"

나는 그의 말에 깊이 공감하며 고개를 끄덕였다. 하늘에는 별이 드문드문 떠 있었고, 도시의 알록달록한 불빛이 물 위에 반짝이며 출렁이고 있었다. 그 불빛들 속에서 나는 그가 말한 '균형'이라는 단어를 가만히 곱씹었다.

※

사실 균형은 내게도 중요한 문제였다. 하지만 간병인으로 일하는 것은 때로 그 균형을 무너뜨리기도 했다. 보통 12시간 교대 근무를 하며 주말에 쉬곤 했지만, 환자의 임종이 가까워지면 이야기는 달라졌다. 환자나 가족 모두 가능하면 같은 간병인이 끝까지 함께 있기를 원했다. 그래서 임종 직전에는 일주일에 6일을 일하고, 때로는 연속으로 36시간 이상 근무하기도 했다. 아무리 일을 사랑한다고 해도, 이런 스케줄은 누구라도 지치게 마련이었다.

때로 환자들이 잠든 밤에도 나는 여전히 깨어 있었다. 끝없이 이어지는 일과 책임들 속에서, 마치 내 인생이 정지된 것처럼 느껴지기도 했다. 그러나 시간이 지나 되돌아보니, 그 모든 것도 내 삶의 일부였다. 환자가 세상을 떠난 뒤, 나는 녹초가 되곤 했다. 새 환자를 바로 돌보게 되는 경우는 드물었고, 그 덕에 짧은 휴식을 얻을 수 있었다. 그 시간은 내게 소중했다. 친구들을 만나고, 음악으로 돌아가 작곡을 하며 나 자신을 회복시켰다. 모든 것이 처음부터 다시 시작되는 느낌이었다.

정기적인 일자리를 다시 찾기 전에, 나는 가끔 교대 근무를 하며 지내곤 했다. 여유로운 시간은 반가웠지만, 경제적인 압박은 피할 수 없었다. 근무 시간이 줄어든 만큼 수입도 줄었기 때문이다.

그 무렵, 나는 산모보건센터에서 관리자 역할을 해달라는 제안을 받았다. 일주일에 한 번씩 출근하는 안정적인 일자리였다. 이 센터는 임산부와 막 출산한 엄마들을 위한 교육 서비스를 제공하는 곳이었다. 나는 기꺼이 그 제안을 받아들였다. 당시 나는 죽음을 앞둔 환자들을 돌보며, 산모보건센터에서 생명 탄생의 기쁨과 신비를 느끼며 하루를 보내곤 했다.

갓 태어난 아기들은 삶의 순환을 상기시켜 주었다. 한쪽에서는 누군가 세상을 떠나고, 다른 한쪽에서는 새로운 생명이 시작되고 있었다. 엄마 품에서 꼬물대는 작은 아기들은 그저 약하고 순수한 존재였고, 그들의 생명력은 믿기 어려울 만큼 경이로웠다.

센터에서 내 직속 상사였던 마리는 바다처럼 넓은 마음을 가진 사람이었다. 이 센터에서 나는 임산부 교육 자료를 업데이트하는 일을 맡았고, 자연스럽게 세계의 다양한 출산 문화에 대해 배우게 되었다. 많은 문화권에서 출산은 자연스러운 일로 여겨졌고, 그렇게 접근했을 때 고통도 훨씬 덜하다는 사실을 알게 되었다. 하지만 서구 사회에서는 출산이 종종 두려운 일로 묘사되곤 했다. 자료를 준비하면서 나는 다시금 생명을 잉태하고 출산하는 일이 얼마나 아름답고 기쁜 일인지 깨달았다.

놓쳐버린 소중한 순간들

산모보건센터에서 보낸 시간은 내게 치유의 순간들이었다. 나는 죽어가는 환자들을 돌보며 느꼈던 감정의 무게를 이곳에서 조금 내려놓을 수 있었다. 갓 태어난 생명들은 신선한 공기처럼 다가왔다. 아기들은 내게 잊고 있던 빛을 다시 보여주었고, 나는 삶의 주기를 새삼 되새기게 되었다.

일주일에 한 번씩 이처럼 극단적으로 대비되는 두 세상을 오가며, 나는 삶의 깊은 진리를 깨달았다. 모든 사람은 한때 작고 순수한 아기였고, 모두가 언젠가는 죽음을 맞이한다. 엄마들이 자랑스럽게 보여주는 아기들을 볼 때마다 나는 그 아이가 앞으로 어떤 삶을 살아갈지 상상했다. 그들의 미래는 알 수 없었지만, 그들도 언젠가는 지금 내가 돌보는 환자들처럼 삶의 끝에 도달할 것이라는 사실만큼은 분명했다.

삶의 시작과 끝을 동시에 접하는 경험은 나를 더욱 깊이 성장하게 했다. 이 경험을 통해 나는 사람들에게 더 깊은 연민을 가지게 되었다. 누구나 한때 순수하고 연약한 아이였다는 사실을 깨닫게 되면서, 사람들의 내면에 있는 선량함을 보게 되었다.

모든 사람의 마음에는 여전히 본래의 순수함이 살아 있다. 단지 삶의 고통과 상처가 그것을 가릴 뿐이었다. 나는 이제 사람들 안에 여전히 순수한 아이가 살고 있음을 알게 되었고, 그 아이를 지키고 사랑하고 싶었다.

발코니에 앉아 존과 함께 하늘을 바라보며 나는 그의 내면에도 순수했던 어린아이가 있음을 보았다. 그는 일과 사회적 성공을 통해 자신의 가치를 증명하려 했지만, 그 선택이 결국 아내와 함께 보낼 수 있었던 시간을 희생하는 대가였음을 뒤늦게 깨달았다.

존의 한숨과 함께 눈물이 뺨을 타고 흘러내렸다. 나는 그를 혼자만의 생각에 잠기게 두고, 접시를 씻기 위해 자리를 비웠다. 돌아와서는 그의 무릎 위에 덮인 담요를 고쳐주고, 뺨에 가만히 입을 맞춘 후 다시 그의 맞은편에 앉았다.

"브로니, 내가 당신에게 인생 선배로서 한 가지 조언을 한다면 이거네. 너무 열심히 일한 걸 후회하는 삶을 살지는 말게나. 이렇게 인생의 마지막에 와서야 후회하게 될 줄은 몰랐지. 그런데 솔직히 내 마음속 깊은 곳에서는, 내가 지나치게 열심히 하고 있었다는 걸 알고 있었던 것 같아. 마가렛뿐만 아니라 나 자신을 위해서도 말이야. 그런데도 난 다른 사람들이 나를 어떻게 생각할지 신경 쓰지 않는다고 스스로를 속였지. 결국...... 왜 이런 걸 죽을 때가 되어서야 깨닫게 되는 건지 참 모르겠어."

존은 깊은 한숨을 내쉬며 고개를 저었다.

"일을 사랑하고 그 일에 헌신하는 건 잘못이 아니네. 하지만 삶이란 게 그거 하나로는 완성되지 않는 법이지. 균형이라는 게 참 중요한 거야. 일하면서도 사랑하는 사람들과 시간을 보내고, 내 마음이 진정 원하는 것들을 하며 살아가는 것. 그게 바로 진짜 균형이야."

나는 그의 말에 진심으로 동의하며 고개를 끄덕였다.

"저도 그렇게 생각해요, 존. 사실 저도 균형을 잡으려 애쓰고 있답니다. 걱정하지 마세요."

내가 솔직하게 털어놓자, 존은 이해한다는 듯 고개를 끄덕였다. 우리는 서로의 마음을 잘 알고 있었다. 긴 대화 속에서 쌓인 신뢰가 그런 순간을 가능하게 했다.

갑자기 존이 웃음을 터뜨렸다. 나는 무슨 생각이 그렇게 즐거운지 궁금해졌다. "무슨 생각을 하셨는데 그렇게 웃으신 거예요?" 존은 장난스러운 눈빛으로 나를 바라보며 말했다.

"내가 방금 인생 선배로서 너무 열심히 일만 하다 후회하지 말라고 한마디 했는데, 그런데 또 하나 떠올랐네. 이거야말로 정말 중요한 거야."

"뭔데요? 말씀해 주세요." 나는 미소를 지으며 존의 말을 재촉했다.

"그 핑크 드레스를 절대로 버리지 말게!"

우리는 동시에 웃음을 터뜨렸다. 존은 웃음 사이로 내 의자를 가리키며 손짓했다. 자신이 앉아 있는 의자 옆으로 오라는 뜻이었다. 나는 웃으며 그의 뜻대로 의자를 옮겼다. 항구를 바라보며, 우리는 나란히 앉아 시간을 보냈다. 침묵 속에서도 마음이 편안했고, 가끔씩 서로에게 몇 마디 말을 건네며 웃음이 섞인 대화를 이어갔다.

그 편안한 순간이 잠시 흐르던 중, 존이 깊은 한숨을 내쉬며 침묵을 깼다. 나는 그의 손을 잡았고, 존은 조용히 내 손을 꼭 쥐며 응답했다. 그가 고개를 돌려 나를

놓쳐버린 소중한 순간들

바라볼 때, 그의 얼굴엔 희미한 슬픈 미소가 떠올랐다.

"내가 이 세상에 뭔가 좋은 걸 남긴다면, 이 말을 남기고 싶네," 존이 천천히 입을 열었다. "너무 열심히 일하지 말고, 인생에서 균형을 잘 잡으라고. 일이 전부가 되게 하진 말라고."

나는 그의 말을 마음 깊이 새기며, 부드럽게 미소 지어 보였다. 그의 손등에 조심스레 입을 맞추며 작게 말했다.

"좋은 말씀 감사해요, 존."

그날 이후로, 존은 오래지 않아 세상을 떠났다. 그러나 그의 마지막 말은 내 마음 깊은 곳에 새겨졌다. 가끔 핑크 드레스를 꺼내 입을 때면, 그날 존과 나눴던 대화가 떠오른다. 그의 말 속에 담긴 삶의 교훈이 얼마나 깊고 소중한지 새삼 깨닫는다. 일과 사랑, 삶과 여유 사이에서 때로 흔들릴지라도, 존이 남긴 메시지는 반드시 마음에 새기고자 한다.

3장

내 감정을
표현할 용기가 있었더라면

그들은
나를 모른다

요제프와의 첫 만남은 내가 그를 금방 좋아하게 만들었다. 아흔네 살, 죽음을 목전에 둔 노인이었지만, 그의 미소에는 어린 소년 같은 맑음이 담겨 있었다. 조용하지만 재치 있는 한마디를 던질 줄 아는 유머 감각도 있었다. 요제프는 온화했고, 그와 대화하는 시간은 늘 따뜻했다.

그의 가족들은 요제프가 시한부 선고를 받았다는 사실을 끝까지 비밀로 하려 했다. 나는 그들의 결정을 존중하려 애썼지만, 솔직하지 못한 상황이 나를 숨막히게 했다. 결국, 요제프의 병세가 급격히 악화되며 그는 스스로 자신의 상태를 눈치채기 시작했다. 작은 움직임조차 큰 고통을 동반하는 그의 몸상태는 쇠약해져만 갔고, 그는 나에게 점점 더 의지했다.

그의 고통을 줄이기 위해 약물이 투여되었지만, 부작용이 뒤따랐다. 그의 일상은 더 힘겨워졌고, 나는 그가 품위를 잃지 않도록 애썼지만, 그것만으로는 부족했다. 어느 날, 나는 관장을 도와주며 가볍게 농담을 던졌다.

"산다는 건 먹고 싸는 것에서 시작해서, 먹고 싸는 걸로 끝나는 거죠."

요제프는 힘겹게 웃음을 지었다. 죽음을 앞둔 사람들을 돌보는 동안 나는 인생의 주기를 새삼 실감했다. 아기에게 음식과 배변활동이 가장 중요한 것처럼, 죽음을 앞둔 사람들에게도 이 기본적인 것들이 삶의 중심이 되곤 했다.

요제프의 가족들도 그의 곁을 지키며 애썼다. 아들 중 한 명은 매일 찾아왔고, 가벼운 대화를 나누며 요제프의 기운을 북돋아 주려 했다. 하지만 그의 건강이 급속히 나빠지자 이런 대화도 점차 줄어들었다. 어느 날, 요제프가 나에게 그의 아들에 대해 속삭였다.

"그 앤 내 돈에만 관심이 있어."

나는 그의 말을 곧이곧대로 받아들이지 않으려 애썼다. 나는 사람을 판단할 때 내 느낌을 중요하게 생각했기에, 그 말이 단순한 감정의 표현일 수 있음을 알았다.

요제프는 자주 자신의 삶에 대해 이야기했다. 그가 얼마나 일을 사랑했는지에 대해 말할 때마다 그의 눈빛은 빛났고, 나는 그의 삶에 대한 자부심을 느낄 수 있었다. 하지만 그의 삶은 단순히 성공만으로 이뤄지지 않았다. 홀로코스트 생존자로서의 아픔은 그의 기억 곳곳에 스며들어 있었다. 그는 수용소에서 살아남아 아내 기젤라와 함께 호주로 건너와 새로운 삶을 시작했다. 가끔 그는 수용소 시절의 이야기를 꺼냈지만, 내가 먼저 묻는 법은 없었다. 나는 그의 이야기를 그저 조용히 들어주는 사람이 되고 싶었다. 그의 마음 깊은 곳에 남아 있는 고통을 건드리고 싶지 않았다.

요제프와 나는 서로에게 쉽게 유대감을 느꼈다. 우리의 대화는 몇십 년의 세대 차이를 잊게 할 만큼 자연스러웠다. 그는 재치 있는 유머로 나를 웃게 했고, 나는 조용히 그의 이야기에 귀를 기울였다. 그 사이, 그의 아내

기젤라는 정성스럽게 준비한 음식을 가져와 그가 먹도록 권유하곤 했다. 그녀는 훌륭한 요리사였고, 요제프를 위해 계속 음식을 준비했다.

요제프가 더는 먹을 수 없는 상태가 되어도, 그녀는 계속 요리를 했다. 그건 단순한 습관이라기보다, 남편이 떠나가고 있다는 현실을 부정하려는 애달픈 몸짓처럼 보였다.

요제프의 가족들은 그가 위독하다는 사실을 숨기려 했다. 그의 의사에게도 그가 얼마나 아픈지 말하지 말라고 부탁했다. 모두가 함께 현실을 부정하고 있었던 셈이었다. 가족들은 그에게 곧 좋아질 거라고 말하며 희망을 심어주려 애썼다. 나는 그런 기젤라와 가족들이 안쓰러웠다. 그들이 느낄 두려움과 슬픔이 고스란히 전해져 마음이 아팠다.

요제프는 하루에 요구르트 한 통만을 간신히 삼킬 정도로 쇠약해졌고, 거실까지 걸어가는 일조차 버거워졌다. 그의 가족들은 여전히 나아질 거라 믿으려 했지만, 요제프의 눈빛에는 이미 진실을 깨달은 듯한 고요함이 담겨 있었다.

기젤라가 방을 비운 어느 날, 나는 요제프에게 발 마사지를 해주고 있었다. 그는 갑작스레 내게 물었다.

"난 죽어가고 있는 거지, 브로니?"

나는 그의 눈을 바라보며 조용히 고개를 끄덕였다.

"그래요, 요제프. 맞아요."

그는 사실을 들었다는 안도감에 고개를 끄덕였다. 그 순간, 나는 솔직하게 말한 것이 옳았다는 확신이 들었다. 요제프는 창밖을 바라보며 한동안 말없이 생각에 잠겼다. 발 마사지는 고요 속에서 계속되었고, 시간이 멈춘 듯 평화로웠다.

잠시 후, 고향 특유의 억양이 담긴 목소리로 조용히 말했다.

"고마워. 사실을 말해줘서."

나는 부드럽게 미소를 지으며 고개를 끄덕였다. 1~2초 동안 묵직한 정적이 흘렀고, 그는 다시 천천히 입을 열었다.

"모두가 이 사실을 쉽게 받아들일 순 없었겠지. 기젤라도 내게 이 사실을 이야기해주는 고통을 감당할 자신이 없었을 거야. 하지만 괜찮아. 그녀가 그럴 수 밖에 없는

그들은 나를 모른다

이유를 난 이해해."

요제프는 자신의 상태를 솔직하게 받아들이고 나니 오히려 마음이 가벼워 보였다. 나 역시 그에게 진실을 말해줬다는 생각에 마음이 조금은 편해졌다. 그가 다시 천천히 물었다.

"오래 남지는 않았지?"

나는 잠시 생각을 정리하고 조심스럽게 대답했다.

"그런 것 같아요, 요제프."

"몇 주? 아니면 몇 달?" 그는 마치 시간이 흐르는 소리를 세고 싶다는 듯 물었다.

"솔직히 말씀드리자면, 저도 정확히는 몰라요. 제 느낌으로는...... 몇 주나 며칠 정도가 아닐까 싶어요." 그는 천천히 고개를 끄덕이며 창밖을 바라보았다. 깊은 생각에 잠긴 듯, 침묵 속에서도 그의 감정이 고스란히 느껴졌다. 고요함에 묻어나는 안도와 아쉬움, 그 모두가 묵직하게 공기를 채웠다.

사실, 누군가의 임종 시기를 예측하는 일은 쉽지 않다. 숨이 곧 끊어질 만큼 위독하지 않다면 더더욱 그렇다. 하지만 환자와 가족들은 늘 나에게 그것을 묻곤 했다. 나에게 죽음의 시간을 묻는 질문은 매번 나를 고민하게 했다.

나는 간병인으로서 죽음이 가까워졌다는 신호를 포착하고 그것을 진솔하게 전달해야 한다고 믿었다. 거짓된 희망을 주는 대신, 진실을 통해 환자가 자신의 마지막 시간을 준비할 수 있도록 돕는 것이 내 역할이었다. 그 진실은 종종 무겁고 불편했지만, 나는 요제프에게 솔직해야 했다.

발 마사지를 마치고 나서 나도 창밖을 바라보며 잠시 앉아 있었다. 그때 그가 정적을 깨며 말했다.

"내가 그렇게 열심히 일만 하지 않았더라면……"

나는 그가 마음속 이야기를 계속 꺼낼 수 있도록 조용히 기다렸다.

"내 일을, 정말 좋아했어. 그래서 더 열심히 했지. 물론 가족과 직원들의 가족을 부양하기 위해서도 그랬고."

"정말 훌륭하신데요. 그런데 왜 후회하세요?"

그는 한숨을 쉬며 고백했다. 호주에 와 사는 동안 가족들과 함께한 시간이 거의 없었다고. 그러나 그보다 더 큰 후회는 가족들에게 자신의 진짜 모습을 보여줄 기회

그들은 나를 모른다

를 주지 않았다는 사실이었다.

"내 감정을 가족들에게 드러내기가 너무 두려웠어. 그래서 일만 했고. 가족들과 늘 거리를 뒀지. 좀 더 가깝게 지냈어야 했는데…… 이제와서 생각해보니, 내가 진짜 원했던 건 가족들이 내가 어떤 사람인지 알아주길 바랐던 것 같아."

그는 자신조차 최근 몇 년이 되어서야 자기 자신을 조금씩 알기 시작했다고 했다. 그러니 가족들이 그를 알 수 없었던 것은 당연한 일이었다. 우리는 서로의 관계에서 이미 굳어진 틀을 깨는 일이 얼마나 어려운지 이야기를 나눴다. 말하는 내내 그의 눈에는 깊은 슬픔이 서려 있었다.

요제프는 자녀들과 따뜻한 애정을 나누거나 추억을 쌓지 못한 사실을 안타까워했다. 그가 아이들에게 보여준 유일한 본보기는 돈을 벌고 다루는 법이었다. 그가 한숨을 쉬며 말했다.

"지금 와서 그런 게 다 무슨 의미가 있겠어?"

나는 대답을 찾으려 애썼다.

"최선을 다해 가족들을 부양하셨잖아요. 덕분에 그들

은 안락하게 살 수 있었고요."

"하지만 그들은 나를 몰라. 내가 누구였는지, 어떤 사람이었는지…… 알지 못한다고."

그의 뺨을 따라 눈물이 한줄기 흘러내렸다.

"그리고 나는 그들이……" 그는 말을 잇지 못하고 흐느꼈다. 나는 그가 울도록 곁에서 조용히 앉아 있었다.

조금 뒤, 나는 아직 늦지 않았다고 말했다. 하지만 그는 동의하지 않았다. 사실, 그는 너무 쇠약해져 말을 잇는 것조차 고통스러워했다. 이런 상황에서 가족들과 깊은 이야기를 나눈다는 것은 더 어려운 일이었다. 그는 눈물을 닦으며 고개를 저었다.

"이제 와서 내 뒤늦은 후회를 그들에게 털어놓는 건 의미가 없는 것 같아. 그냥 그들이 생각하는 대로 나를 기억하도록 두는 게 나을 거야…… 어차피 난 떠날 텐데."

❀

요제프는 외할머니가 돌아가셨을 때와 비슷한 나이였다. 삶의 궤적은 완전히 달랐지만, 나는 이런 연령대의 사람들과 함께하는 것이 익숙했다. 외할머니의 영향이 컸다. 외할머니와 나는 죽음에 대해 솔직하게 이야기하곤 했다. 그녀는 자식들보다 나와 이야기를 나누는 것이 더 편하다고 했다.

외할머니에게는 쌍둥이 오빠가 있었다. 열한 명의 형제들 중 맏이였던 그녀는 열세 살 때 어머니를 잃고, 동생들을 홀로 키웠다. 그녀의 아버지는 냉정한 사람이었다. 가끔 외할머니는 그를 '그 작자'라 불렀다.

"그 작자는 먹을 것만 줬어. 사랑 같은 건 주지 않았지." 그녀의 목소리에는 어린 시절의 고통이 묻어 있었다.

외할머니는 내가 샬롯을 닮았다고 했다. 샬롯은 그녀의 막내 동생으로, 외할머니의 어머니가 돌아가시고 일년 만에 하늘나라로 떠났다고 했다. 숱 많은 검은 머리칼과 호기심 가득한 성격이 샬롯과 똑 닮았다며 어려서부터 나를 무척 아껴주셨다. 그런 기억은 지금도 내 마음을 따뜻하게 채워주곤 한다.

외할머니가 우리 집에 오실 때면, 온 집안이 흥분으로 가득 찼다. 아이들은 원래 집에 손님 오는 걸 좋아하듯, 우리도 그랬다. 키가 5피트(152.4센티미터)도 안 되는 작은 체구였지만, 외할머니는 누구보다 활기차고 멋진 분이셨다. 나는 종종 그녀도 누군가의 따뜻한 사랑 속에서 자랐다면 얼마나 좋았을까 생각하곤 했다. 그녀가 내게 보여준 사랑은 조건이 없었고, 무엇이든 너그럽게 이해해 주셨다.

외할머니의 일면을 잘 보여주는 일이 있다. 엄마가 쌍둥이 언니와 함께 외국으로 휴가를 가게 되었을 때다. 아빠는 평일에 멀리 나가 일하셨기 때문에, 외할머니가 우리를 돌봐주러 오셨다.

그 당시 나는 열세 살을 앞둔 사춘기 소녀였다. 막 수녀원 부설 고등학교에 입학한 첫해였는데, 학교는 높이 3미터가 넘는 벽으로 둘러싸여 있었다. 몇몇 수녀님들은 따뜻한 분들이었지만, 교장 수녀님은 '철의 얼굴'이라는 별명을 가진 엄격한 분이셨다. 고학년 선배들은 입학 첫날부터 그녀를 조심하라고 경고했다. 나는 속으로 그녀가 겉모습은 그렇게 차가워도 사실은 부드러운 분일 거라고 믿고 싶었다. 하지만 내가 학교에 다니는 동안, 그녀는 단 한 번도 웃는 모습을 보여준 적이 없었다.

그 시절 나는 사춘기의 복잡한 감정 속에 있었고, 잠깐 우리 반에서 가장 거친 두 친구와 어울려 다녔다. 그럼에도 나는 꽤 성실한 학생이었기 때문에, 그날 사건이 있기 전까지 교장 선생님의 눈에 띄는 일은 한 번도 없었다.

그날 우리는 점심시간에 나무를 타고 학교 벽을 넘었다. 시내까지 달려간 우리는 가게에 들어가 각자의 이름 이니셜이 새겨진 귀걸이를 훔쳤다. 의외로 쉽게 성공하자 자신감이 붙었고, 두 번째 가게에서는 립글로스를 훔쳤다. 우리는 달콤한 맛이 나는 립글로스를 바르며 이게 요즘 얼마나 인기 있는 상품인지 이야기하던 중이었다. 그 순간 누군가 내 어깨를 꽉 잡았다.

"그걸 내놓으셔야겠는데."

다리가 풀릴 것 같은 두려움 속에서, 나와 또 다른 친구 한 명은 매장 관리인의 사무실로 끌려갔다. 다른 친구들은 달아났다. 매장에서는 학교에 연락했고, 교장 선생님은 우리가 돌아오기를 기다리고 계셨다. 그녀는 손에 자를 들고 딱딱 치며 말했다.

"교장실로 와."

"네, 수녀님."

우리는 공손히 대답했지만, 속으로는 쥐구멍에라도 숨

고 싶었다.

　매장에서는 학교와 협의 끝에 고발하지 않기로 했다. 하지만 우리는 집에 가 부모님께 모든 것을 고백해야 했고, 부모님이 학교에 전화해 타일렀다는 사실을 확인받아야 했다. 또한 한 학기 동안 체육 수업에 참여할 수 없게 되었다. 체육을 무척 좋아했던 나와 친구에게는 견디기 힘든 벌이었다. 게다가 교장 선생님께 자로 종아리를 열 대 맞는 벌도 받아야 했다.

　엄마는 외국에 있었고, 아빠는 주말에만 오셨다. 나는 너무 무서웠다. 원래도 소리치는 사람을 무서워했기에, 아빠에게 말하기 전에 외할머니께 먼저 말씀드리기로 했다. 나는 외할머니를 한쪽으로 모시고 가서, 떨리는 목소리로 내가 저지른 일을 고백했다. 외할머니는 아무 말 없이 앉아서 내 이야기를 듣기만 하셨다. 내 이야기가 끝날 때쯤, 나는 이미 큰 소리로 엉엉 울고 있었다.

　"또 그럴 거니?" 외할머니가 물으셨다.

　"아니요, 할머니. 다시는 안 그럴게요. 약속할게요."

　나는 진지하게 말했다.

　"이 일에서 뭔가를 배웠니?"

"네, 할머니. 절대로 다시는 그런 짓 안 할게요."

외할머니는 한참 나를 바라보시더니, 고개를 끄덕이며 말씀하셨다.

"알았다. 아버지에겐 말하지 말자꾸나. 내일 내가 학교에 전화하마."

그리고 그게 다였다. 외할머니는 나를 꾸짖거나 야단치지 않으셨다. 그러나 나는 다시는 무언가를 훔치지 않았고, 그 가게 근처에도 얼씬거리지 않았다. 그 사건은 내게 너무도 큰 충격과 교훈을 남겼다.

몇 년 뒤, 나는 고등학교를 졸업하고 고향을 떠났다. 도시에 있는 외할머니댁에 머물며 은행에 취직하게 되었다. 그녀와 함께한 시간은 내게 소중한 추억으로 남았다. 외할머니는 나를 있는 그대로 사랑해주셨고, 내게 무조건적인 지지를 보내주셨다.

내가 처음 술을 마시기 시작했을 때의 일이다. 나는 술에 취해 고주망태가 된 채 집에 들어왔다. 비틀거리는 나를 보고도 외할머니는 아무 말 없이 침대 옆에 양동이를 가져다 두셨다. 꾸짖지도, 한숨도 쉬지 않으셨다. 그러다 어느 날, 내가 스스로 아직 어린 나이에 술은 맞지 않는다고 선언했을 때, 외할머니는 그제야 안심한 듯한 미소를 지으셨다. 그녀는 정말 현명하고 너그러웠으며, 내 인생에 없어서는 안 될 특별한 존재였다.

외할머니는 그녀의 다른 형제들보다 훨씬 오래 사셨다. 하지만 그것은 축복이라기보다 고통에 가까웠다. 그녀는 자식처럼 돌보고 키운 형제자매들이 하나둘 세상을 떠나는 모습을 모두 견뎌야 했다. 그들의 죽음은 외할머니에게 너무도 큰 슬픔이었다.

그럼에도 우리는 서로에게 버팀목이 되어주었다. 내가 어디에 있든, 우리는 편지를 주고받으며 서로의 삶을 공유했다. 마치 한 권의 책을 함께 읽어 내려가는 것처럼, 우리는 서로의 일상을 이야기하고 감정을 나누었다. 그녀가 마지막 남은 여동생을 떠나보냈을 때, 외할머니는 자식 같은 형제를 먼저 보낸 아픔을 나와 함께 나누셨다. 그리고 늙어감에 따라 점점 독립성을 잃어가는 좌절감을 솔직히 털어놓으셨다. 나는 그 슬픔이 얼마나 깊은지 느낄 수 있었다.

그 후 몇 년 동안, 외할머니의 기력이 점점 쇠해가는 것을 지켜보았다. 그 과정을 보는 일은 참으로 가슴 아

그들은 나를 모른다

팠다. 그녀가 언젠가는 내 곁에 머물 수 없게 된다는 현
실을 받아들여야 한다는 것은, 내가 감당하기 힘든 일이
었다.

외할머니와 대화를 나눌 때마다 나는 슬픔을 참기 어
려웠다. 그래서 어느 날, 용기를 내어 솔직히 말씀드렸다.
내가 외할머니를 얼마나 사랑하는지, 그리고 외할머니가
떠나시면 내가 얼마나 그리워하게 될지. 그 말을 들은 외
할머니는 잠시 침묵하시더니 내 손을 꼭 잡으셨다. 그날
이후 우리는 죽음에 대해 허심탄회하게 대화할 수 있었
다. 다가올 현실을 부정하지 않고, 그 무게를 함께 나누
는 시간이었다. 외할머니는 죽음에 대해 나와 대화를 나
누는 시간을 소중히 여기셨고, 그녀의 목소리에는 평온
함이 담겨 있었다. 이미 몇 년 전부터 그녀는 떠날 준비
가 되어 있었다.

외국에서 몇 년을 보낸 뒤 고국으로 돌아왔을 때, 나
는 가장 먼저 외할머니를 찾아갔다. 그녀의 모습은 크게
달라져 있었다. 머리카락은 새하얗게 변했고, 지팡이를
짚은 몸은 더 작아지고 약해져 있었다. 이제는 구십 대
의 노부인이었지만, 여전히 내가 알고 사랑하는 멋지고

당당한 여성이었다.

그러던 어느 월요일, 평소처럼 퇴근을 준비하며 지점 업무를 정리하던 중 전화 한 통을 받았다. 외할머니가 전날 밤 잠드신 채 조용히 세상을 떠나셨다는 소식이었다. 그 순간, 마치 발밑에서 세상이 무너져 내리는 듯했다.

나는 무슨 말을 해야 할지도, 어떻게 행동해야 할지도 알 수 없었다. 손이 떨리고 심장이 미친 듯이 뛰었다. 사무실 문을 닫고 책상에 엎드렸다. 억눌렀던 감정이 마침내 터져 나왔다.

"할머니…… 할머니……"

그 이름을 부르며 나는 통제할 수 없는 울음을 쏟아냈다. 내가 그토록 사랑했던 외할머니를 잃었다는 슬픔은 헤아릴 수 없을 만큼 깊었다.

겨우 정신을 가다듬고 은행을 나서려는데, 눈물이 끊이지 않아 눈이 퉁퉁 부어 시야가 흐려졌다. 슬픔에 휩싸여 아무 생각도 할 수 없던 나는 우편함 앞에 멈춰 섰다. 형식적으로 내 이름 앞으로 온 편지와 고지서들을 넘기다가, 갑자기 손이 멈췄다. 외할머니가 보낸 편지가 그 안에 있었기 때문이다. 외할머니는 금요일에 편지를 보내셨고, 일요일 저녁에 돌아가셨다.

나는 편지를 가슴에 품은 채 그 자리에서 눈물을 펑펑 쏟았다. 슬픔과 기쁨의 감정이 뒤섞여 터져 나왔다. 오열하면서도 한편으로는 웃음이 나왔다. 이 편지는 외할머니가 내게 주신 마지막 선물이었다.

사랑하는 아가야, 너를 정말 사랑한단다.
너는 늘 내 마음속에 있어.
네가 어딜 가든 행복이 함께하길 바란다. 사랑해.

편지를 읽는 동안 또다시 눈물이 쏟아졌다. 그녀는 떠나기 전에도 자신의 죽음이 가까워진 것을 알고 계셨으리라. 하지만 여전히 마지막 순간까지 사랑을 전하고자 하셨다.

외할머니가 떠났다는 사실은 여전히 나를 슬프게 한다. 하지만 그 슬픔 안에는 묘한 평화가 깃들어 있었다. 우리는 죽음이라는 현실을 정면으로 마주했고, 그것에 대해 진솔하게 이야기했다. 그 진실한 대화는 외할머니가 떠난 뒤에도 내 마음속에 따뜻한 울림으로 남아 있었다.

내 책상 위 액자 속에서 외할머니는 여전히 따뜻한 미소로 나를 바라보고 계신다. 지금도 그녀가 몹시 그리운 날이 있다. 하지만 우리의 솔직함이 우리 관계를 특별하게 만들었다는 사실을 나는 믿어 의심치 않는다. 그 관계는 나를 지금의 나로, 가능한 최선의 방향으로 이끌어 주었다.

하지만 나의 소중한 환자 요제프의 경우는 달랐다. 그의 삶에서 솔직함은 때로 너무 큰 고통을 동반했다. 그의 가족들은 진실을 감당할 준비가 되어 있지 않았고, 요제프 역시 그의 과거와 현재 속에서 많은 무게를 짊어지고 있었다.

-❧✸-

기젤라는 여전히 많은 음식을 준비해 요제프에게 먹으라고 권했지만, 그는 항상 부드러운 미소로 그녀의 호의를 거절했다. 그의 눈빛은 말보다 더 많은 것을 이야기했다.

저녁이 되면 다른 간병인이 와서 그를 돌봤지만, 나는

그의 책임 간병인이었다. 우리는 시간이 흐르며 서로를 잘 알게 되었고, 그는 점점 더 나에게 마음을 열었다. 적어도 나와 함께 있는 동안은 평온함을 느낄 수 있던 것 같아 다행이었다. 그의 고통스러운 나날 속에서 나의 존재가 작은 위안이 되었다면, 그것만으로도 충분히 감사한 일이었다.

그러던 중, 내가 다른 간병인으로 교체된다는 말을 들었다. 예상치 못한 일이었다. 놀라움과 슬픔이 한꺼번에 밀려왔다. 그의 아들은 간병인의 보수 문제로 계속 불평을 했고, 아무리 요제프에게 남은 시간이 1~2주에 불과하다고 설명해도 소용이 없었다. 그는 불법적으로 저렴한 보수를 받고 일할 다른 간병인을 고용할 계획을 세웠다.

나는 기젤라에게 아들을 설득해달라고 부탁했지만, 그들의 생각은 이미 굳어 있었다. 아무리 노력을 해도 상황을 바꿀 수 없었다. 결국 나는 그를 떠나야만 했다.

떠나는 날, 나는 그의 침실 문 앞에 마지막으로 멈춰 섰다. 아무 말도 하지 않았지만, 우리는 서로를 보며 미소를 지었다. 그 순간, 우리는 말없이도 모든 것을 나눴다. 차를 몰고 그의 집을 떠나며, 지금쯤 요제프가 창밖

을 바라보며 생각에 잠겨 있을 것 같다는 생각이 들었
다. 눈물이 흘렀다. 이처럼 뜻하지 않은 이별은 늘 힘들
었지만, 간병인으로서의 내 삶에는 이런 순간들 이상으
로 큰 보람과 기쁨이 있었다. 다른 일을 했다면 결코 만
나지 못했을 사람들과 인생을 나누며 얻은 교훈들은 내
게 소중한 선물이었다.

　일주일 후, 요제프의 손녀딸에게서 전화가 왔다. 요제
프가 전날 밤 세상을 떠났다는 소식이었다. 그의 상태를
생각하니, 나는 오히려 안도감을 느꼈다. 그는 이미 회복
할 수 없는 상태였고, 남은 것은 고통스러운 나날뿐이었
다. 그의 죽음은 어쩌면 축복이었다.

　나는 요제프가 내게 남겨준 교훈을 떠올렸다. 그와 나
눈 이야기는 인생이 준 특별한 선물이자 교훈이었다. 우
리는 모두 언젠가는 죽는다. 죽음을 선택할 수는 없지
만, 그 사이의 삶은 우리가 선택할 수 있다.

　요제프는 자신이 누군지 알아주는 사람 없이 생을 마
감한 것을 후회했다. 나는 그의 후회를 곱씹으며 내 감
정을 숨기지 않고, 다른 사람들과 나누는 용기를 내야겠
다고 다짐했다.

요제프의 부음을 들은 날, 나는 해변 공원의 벤치에 앉아 뛰놀며 감정을 거리낌 없이 표현하는 아이들을 바라보았다. 아이들은 기쁠 땐 웃고, 슬플 땐 울며 그 순간의 감정을 숨김없이 드러냈다. 반면 어른들은 자신을 고립시키고, 마음 주위에 두꺼운 벽을 쌓아 올린다. 문득 깨달았다. 우리도 한때는 감정을 숨김없이 표현하며 살았던 아이들이었다. 그렇다면, 다시 그렇게 살 수 있지 않겠는가?

나는 요제프가 후회했던 것처럼, 내 삶을 감정의 벽 뒤에 숨긴 채 살아가지 않겠다고 결심했다. 그 벽이 나를 보호하거나 위로하지 못한다는 것을 알았다. 이제 벽을 허물고 진정으로 마음을 열어야 할 때였다. 우리는 삶의 모든 순간을 선택할 수는 없지만, 그 순간을 어떻게 받아들이고 살아갈지는 스스로 선택할 수 있다. 요제프는 자신의 삶을 통해 내게 마음을 열고 솔직하게 감정을 나누는 삶이야말로 진정한 삶의 가치를 만들어낸다는 중요한 교훈을 남겼다. 그의 후회는 내게 새로운 길을 열어주었고, 나는 그 길 위에서 더 진실한 삶을 살아가기로 마음먹었다.

더 늦기 전에,
더 솔직하게

        포근한 잠을 깨우는 벨 소리가 어둠 속을 찢고 울렸다. 서둘러 양말을 신고 가운으로 몸을 감싼 뒤, 위층으로 발걸음을 옮겼다. 주드는 다리가 아프다며 자세를 바꿔 달라고 했다. 그녀의 말을 처음 듣는 사람이라면 무슨 말인지 전혀 알아듣지 못했을 것이다. 아니, 어느 정도 익숙해지고 훈련이 되어야만 이해할 수 있는 말투였다. 나 역시 처음엔 그녀의 혀가 굳어 뭉개지는 발음을 알아듣기 위해 고생을 했지만, 이젠 그녀 특유의 웅얼거림도 익숙해져 한마디 한마디가 명확하게 들렸다. 자세를 바꾼 뒤, 몸이 조금 편안해졌는지 주드는 미소를 지어 보였다. 그녀의 웃음은 마치 작은 불빛처럼 따뜻하고 환했다. 나는 램프를 끄며 좋은 꿈을 꾸라는 말을 남기고 다시 내 침대의 안락함 속으로 돌아갔다.

주드는 입소문을 통해 나를 알게 되었다. 작곡 모임에서 알게 된 지인을 통해 내가 간병인으로 일한다는 소식을 듣고 주드 쪽에서 직접 연락을 해왔다. 내가 돌봤던 환자들은 연로하거나 최소한 중년을 넘긴 분들로, 대부분 암이나 임종을 앞둔 상태였다. 하지만 주드는 달랐다. 그녀의 병은 운동 뉴런증으로, 겨우 마흔넷이었다.

주드의 가족은 그녀만큼이나 따뜻한 사람들이었다. 그녀의 남편은 아내를 끝까지 지키려는 듬직한 사람이었고, 적갈색 곱슬머리를 가진 아홉 살 난 딸 라일라는 마치 작은 태양처럼 주변을 밝게 했다.

내가 주드의 간병인이 되었을 무렵, 그녀와 남편은 요양기관에서 번갈아 보내주는 간병인들에게 지쳐 있었다. 주드는 꽤 구체적인 요구가 많은 환자였고, 무엇보다도 그녀의 불분명한 말을 이해하고, 그녀를 편안하게 해줄 누군가가 절실했다. 그녀는 늘 곁을 지켜줄 주 간병인을 원했고, 내가 그 역할을 맡으면서 다른 간병인들은 내가 쉴 때를 대비해 시간제로 고용되었다.

다행히도 그 무렵, 나는 이미 다양한 상황에 익숙해져 있었고, 많은 경험을 쌓은 뒤였다. 주드가 점차 몸을 움직일 수 없게 되면서, 우리는 그녀를 휠체어나 침대로 옮길 때 수압 호이스트 같은 장치를 사용해야 했다. 주드의 신체적 능력이 하루가 다르게 떨어지는 것을 지켜보는 일은 가슴 아팠다. 시간이 지나면서 그녀의 웅얼거리는 목소리는 점점 더 불분명해져, 가끔은 나조차도 이해하지 못할 때가 있었다. 그나마 그녀가 아직 말을 나눌 수 있을 때부터 돌볼 수 있었던 것을 다행으로 여겼다.

주드는 부유한 가정에서 태어나 자랐다. 그녀의 젊은 시절은 화려함 그 자체였다. 첫 차는 웬만한 사람의 연봉을 뛰어넘을 정도로 값비쌌고, 평범한 백화점은 그녀의 삶에 존재하지 않았다. 그녀가 입은 옷은 늘 유명 디자이너의 작품으로, 그 화려함은 부모님의 부와 환경 덕분에 가능한 일이었다.

그러나 주드의 내면은 달랐다. 화려한 외면과는 달리 소박하고 창의적인 삶을 꿈꾸는 사람이었다. 그녀는 미술을 전공하고 싶었지만, 부모님은 그런 그녀의 바람을 허락하지 않았다. 대신 경제학이나 법학 같은 현실적인 학문을 강요했다. 결국, 주드는 부모님의 압박에 굴복해 법학을 선택할 수밖에 없었다.

그녀는 언젠가 부모님이 세상을 떠나면, 그동안 쌓은 법 지식을 더 의미 있는 일에 쓰겠다는 희망을 품고 있었다. 하지만 인생은 계획대로 흐르지 않는 법. 아버지는 지병으로 이미 세상을 떠나셨고, 그녀가 어머니보다 먼저 이 세상을 떠날 운명에 놓여 있었다. 병이 악화되며 그녀는 더 이상 어떤 꿈도 꿀 수 없었다.

미술을 사랑한 주드는 예술가인 에드워드와 사랑에 빠졌다. 둘은 첫눈에 서로에게 강하게 끌렸다. 그 끌림이 너무나 진실되고 강렬했기에 결국 용기를 내 에드워드와 주드는 서로의 세계가 되었다. 그들에게는 그 외의 세상이 필요 없었다.

에드워드는 하층 계급 출신으로, 소박한 삶을 살며 예술을 추구하는 사람이었다. 주드의 부모님은 그런 에드워드를 딸의 반려자로 받아들일 수 없었다. 사실 에드워드는 꽤 성공한 예술가였지만, 그가 사무직이나 전문직에 종사하지 않는다는 점, 그리고 주드처럼 부유한 배경이 없다는 사실이 부모님에게는 큰 장애물이었다. 결국, 주드는 부모님과 에드워드 사이에서 선택을 강요받았고, 그녀는 주저 없이 에드워드를 선택했다.

하지만 그 선택의 대가는 혹독했다. 그녀는 가족들에게 완전히 배척당했다. 몇몇 친한 친구들이 곁에 남았지만, 결국 그녀는 이전과는 완전히 다른 세계로 나아갔다. 다행히 새로운 세계는 더 넓고 행복했다. 주드는 그곳에서 자신만의 우정과 삶을 즐기며 행복을 찾았다.

몇 년 후, 주드와 에드워드 사이에 딸 라일라가 태어났다. 주드는 라일라에게 외할머니와 외할아버지가 있다는 사실을 알리고 싶어 부모님과 화해하려고 노력했다. 아버지는 결국 딸의 현실을 받아들였고, 돌아가시기 전에 손녀딸과 소중한 시간을 보낼 수 있었다. 주드와 아버지의 관계도 좋아졌지만, 아버지는 여전히 딸의 마음을 가져간 에드워드라는 예술가에 대해 복잡한 감정을 품고 있었다. 그래도 손녀를 향한 사랑으로, 그는 그들에게 항구 근처의 집을 마련해주었다. 하지만 주드의 어머니는 여전히 딸을 용서하지 않았다.

더 늦기 전에, 더 솔직하게

병이 찾아오기 전까지, 주드와 에드워드는 모든 일이 잘 풀렸다고 말했다. 하지만 나는 그들의 말 속에서 슬픔을 느꼈다. 그들의 사랑은 깊고 진실했지만, 세상은 그들을 온전히 내버려두지 않았다. 그들의 삶은 작은 행복 속에서 외부의 시련과 부딪혔고, 그 충돌은 상처를 남겼다. 그들의 이야기를 들으며 나는 가슴이 뭉클해졌다. 나는 그녀를 돌보며 단순히 그녀의 육체적 고통뿐만 아니라 마음속 깊은 슬픔까지도 함께 느꼈다. 그녀가 남은 시간 동안만이라도 편안함과 따뜻함을 느끼기를 바랐다. 그것이 내가 그녀 곁에 있는 이유였다.

주드와 나는 몇 시간이고 깊고 진솔한 대화를 나누었다. 사십 대 중반도 되지 않아 죽음을 받아들여야 한다는 현실도 우리가 함께 나눈 대화의 중요한 주제 중 하나였다. 우리는 마치 영원히 살 것처럼 행동하기 쉽다. 하지만 인생은 결코 그렇지 않다. 어떤 이들은 폭풍 같은 삶을 간신히 견디다가 피어나지도 못한 채 세상을 떠나고 만다. 열매를 맺기도 전에 꽃이 지고, 잠재력을 펼쳐 보기도 전에 죽음의 손길에 끌려간다. 또 어떤 이들은 인생의 한창때를 누리다 절정에서 사라지고, 살아남은 사람들은 서서히 죽음을 향해 천천히 사그라든다.

흔히 사람들은 전성기를 누리기도 전에 떠나갔다고 말한다. 하지만 주드는 그 표현에 고개를 저었다. 조용하고 단호한 목소리로 말했다.

"우리는 모두 우리 자신의 때가 되면 떠나는 거예요."

주드의 말처럼, 누구나 다 오래 살 운명을 타고나는 것은 아니다. 문제는 우리가 영원히 살 것처럼, 혹은 적어도 아주 나이 들 때까지 살 것이라 당연하게 여긴다는 데 있다. 그래서 젊은 사람이 세상을 떠나면 큰 충격과 절망에 휩싸이는 것이다. 그러나 그런 죽음도 결국 인생의 자연스러운 일부다. 어떤 사람은 젊은 나이에 죽고, 어떤 사람은 중년에, 또 어떤 사람은 아주 나이 들어 죽는다. 하지만 이성적으로는 모든 걸 이해하고 받아들이고 있으면서도, 아직 더 많은 시간을 누릴 수 있었던 젊은 생명이 세상을 떠나는 모습을 보며 가슴이 아픈 건 어쩔 수 없는 일인 것 같다.

내 친구 중 몇몇은 어린 자녀를 잃는 아픔을 겪었다. 나도 그들과 함께 울었고, 그 슬픔은 지금도 내 마음속 깊이 남아 있다. 하지만 주드는 이런 말로 나를 위로해주었다. "그 아이들은 원래 그렇게 긴 인생을 살기 위해 태어난 것이 아니었어요. 그들은 세상에 와서 짧은 시간 동안 누구보다 밝게 빛났고, 그 순수함으로 모두의 기억 속에 오래 남을 존재였어요." 그녀의 말은 가슴 아픈 현실 속에서도 희망과 아름다움을 떠올리게 했다.

주드는 사십 대에 접어들 때까지만 해도 건강했지만, 이제 마흔네 살의 그녀는 서서히 죽음을 향해 나아가고 있다. 이렇게 젊고 멋진 사람이 죽음을 맞이해야 한다는 사실은 부당하게 느껴질 수 있다. 하지만 주드와 에드워드는 그들의 사랑에 대해, 그리고 함께 보낸 시간에 깊이 감사하며 죽음을 받아들이기로 했다. 그들에게는 서로를 깊이 사랑했던 기억과 무엇보다 소중한 딸 라일라가 있었다. 9년 동안 라일라와 함께했던 시간은 그들에게 축복이었다.

그럼에도 주드는 가끔 라일라가 성장해 어른이 되는 모습을 지켜보지 못할 것을 생각하면 가슴이 찢어졌다. 엄마를 잃는 고통은 어린 라일라에게 크나큰 상처로 남을 것이다. 하지만 주드는 에드워드가 딸 곁을 지키며 그녀를 사랑으로 감싸줄 것이라는 믿음에 위안을 얻었다.

이제 주드는 거의 움직일 수 없었다. 어느 저녁, 내가 그녀의 자세를 조심스레 바꿔주고 있을 때, 주드는 힘겹게 특유의 목소리로 말했다. 고통을 느끼면서도 그것을 표현조차 할 수 없는 채로 그저 가만히 누워 있어야 한다는 사실이 얼마나 그녀를 두렵게 만드는지. 그녀의 그 말 한마디가 내 가슴 깊숙이 꽂혔고, 묵직한 슬픔으로 나를 짓눌렀다.

나는 문득, 인생이 얼마나 잔인해질 수 있는지, 또 사람마다 거쳐야 할 인생의 수업이 얼마나 다양한지를 생각했다. 의식은 또렷이 있지만, 의사소통이 불가능한 상태로 몇 주, 혹은 몇 달을 누워서 보내야 한다면 그 시간은 얼마나 끔찍할까. 게다가 그 고통을 아무도 알아주지 못하거나, 고통을 덜어주거나 가라앉힐 방법조차 없다면 그 절망은 또 얼마나 깊을까. 이런 일은 뇌 손상이나 신경 질환으로 고통받는 전 세계 수많은 사람들에게 실제로 일어나고 있다. 그 현실을 생각하니 가슴이 먹먹해졌고, 동시에 나 자신의 삶을 더 넓은 시각에서 돌아보게 만들었다.

주드의 언어능력은 매일 조금씩 쇠퇴해 갔다. 어떤 날

은 그녀가 말하는 것을 비교적 잘 알아들을 수 있었고, 또 어떤 날은 오랜 시간 함께한 덕분에 그녀의 의도를 직관적으로 느껴 이해할 수 있었다. 주드는 때로는 특별한 컴퓨터 프로그램을 사용해 자신의 말을 전달하곤 했다. 그녀가 쓰는 안경에서 나오는 특수 레이저가 컴퓨터 화면의 글자를 가리켰고, 주드는 글자가 입력될 때까지 그 위에 멈췄다가 천천히 다음 글자로 넘어갔다. 느리고 고된 작업이었지만, 적어도 그녀가 하고 싶은 말을 전할 수 있다는 점에 감사했다.

나는 그녀에게 소통의 도구를 만들어 준 사람들에게 진심으로 고마움을 느꼈다. 주드가 더 이상 이 프로그램마저 사용하지 못하는 날이 오면, 우리는 영원히 이별해야 한다는 사실을 알고 있었다. 그날이 머지않았음을 나는 느꼈다.

주드의 상태가 좋은 날이면, 나는 그녀의 이야기를 최대한 많이 들어주었다. 그녀는 하고 싶은 말이 너무 많았다. 그녀가 이야기를 하다 갈증을 느낄 때면, 나는 그녀의 입술에 주스 컵을 가져다 대고 그녀가 천천히 마시기를 기다렸다. 그러던 어느 날, 그녀가 말했다.

"우리는 감정을 솔직히 표현할 수 있을 만큼 용감해야 해요." 그 말을 듣는 순간, 나는 지금까지 걸어온 내 삶의 여정을 떠올리며 그녀가 얼마나 정확한 말을 했는지 깊이 공감했다.

주드는 모든 것을 하나둘 잃어가고 있었지만, 그녀의 말 속에는 여전히 단단한 지혜와 진실이 담겨 있었다. 약해진 목소리에도 불구하고, 그녀의 메시지는 강했다.

비록 주드는 에드워드를 선택하며 모녀 관계를 잃었지만, 적어도 후회하지 않을 선택을 할 만큼 용감했다. 그렇지만 그녀의 마음속 한편에는 항상 어머니가 자리 잡고 있었다. 어머니는 한번도 주드를 진정으로 이해하거나 알려고 하지 않았다. 그래서 주드는 이제라도 어머니와 감정을 나누고 싶다는 간절한 바람을 품고 있었다. 하지만 그녀는 그런 기회가 영영 오지 않을 수도 있다는 사실도 알고 있었다. 몇 날 며칠을 고민한 끝에 주드는 어머니에게 편지를 썼다. 그 편지는 에드워드의 사무실 서랍 속에서 전달될 날만을 조용히 기다리고 있었다.

주드의 어머니는 딸의 병세를 알고 있었다. 그러나 여전히 완고하게 마음의 문을 닫고 있었고, 죽어가는 딸을

더 늦기 전에, 더 솔직하게

찾아오는 일조차 하지 않았다. 주드는 이를 안타까워하며 말했다.

"우리는 너무 늦기 전에 감정을 표현하는 법을 배워야 해요. 언젠가 마지막이 될지 아무도 알 수 없으니까요. 사랑하는 사람들에게 사랑한다고 말하고, 고마움을 전해야 해요. 그들이 당신의 진심을 받아들이지 못하거나, 기대했던 반응을 보이지 않아도 상관없어요. 중요한 건 우리가 그것을 말했느냐는 거죠."

주드는 감정을 표현하는 것이 남겨진 사람들과 떠나가는 사람들 모두에게 얼마나 중요한지 강조했다. 떠나는 사람은 자신이 하고 싶은 말을 모두 털어놓았다는 사실에 평화를 찾을 수 있고, 남겨진 사람들 역시 진심을 표현하는 용기를 내야 후회가 남지 않는다.

주드가 이런 깨달음을 얻게 된 계기는 1년 전, 예기치 않게 절친했던 친구인 트레이시를 잃으면서였다. 트레이시는 사교적이고 열정적인 사람이었다. 그녀는 넉넉한 마음을 가졌고, 다른 사람을 판단하지 않는 겸손함으로 많은 이들의 사랑을 받았다. 그랬던 트레이시의 갑작스러운 죽음은 주드의 생각과 감정을 송두리째 뒤흔들어놓았다.

"우리는 바쁘다는 이유로 가족이나 친구들과 진솔한 시간을 보내지 못하곤 해요. 하지만 감정을 숨기고 관계를 방치하면, 결국 그들이 떠난 후 하지 못한 말들에 대한 죄책감에 시달리게 돼요." 주드는 조용하지만 단호하게 말했다.

그녀는 사랑하는 사람들과 시간을 보내고 감정을 나누는 것이 결국 후회를 피하는 길이라고 했다. 사람들은 흔히 사랑하는 사람이 언제까지나 곁에 있을 거라고 착각하지만, 이별은 언제나 예고 없이 찾아온다는 것을 주드는 나에게 다시 상기시켰다.

다행히도, 주드는 친구 트레이시에게 마지막 인사를 할 수 있었던 것에 늘 감사했다.

"모두가 떠나기 전에 작별 인사를 할 행운을 누리는 건 아니에요. 너무 많은 사람이 갑작스럽게 떠나기 때문에 그런 축복을 누리지 못하죠."

비록 에드워드와의 사랑을 택한 대가로 어머니와의 관계를 잃었지만, 주드는 적어도 자신이 솔직할 수 있었다는 점에서 위로를 얻었다.

더 늦기 전에, 더 솔직하게

"에드워드를 선택하지 않았던 인생은 상상조차 할 수 없어요. 그 선택 덕분에 나는 지금 평화로워요. 부모님의 통제에서 벗어나고 나서야 나는 내가 얼마나 오랫동안 그 지배 속에 살았는지 깨달았어요. 지배와 통제 속에서 어떻게 건강한 사람이 될 수 있겠어요? 그런 관계라면 없는 편이 훨씬 낫죠."

주드는 어머니와의 관계도, 어머니와 대화하려고 최선을 다해 노력했기에 죄책감 없이 떠날 수 있을 것 같다고 말했다. 친구 트레이시와의 관계에서도 마찬가지였다. 트레이시를 잃은 충격은 컸지만, 주드는 항상 그녀에게 진실하고 솔직했기에 죄책감을 느끼지 않았다. 트레이시를 잃기 불과 며칠 전, 두 사람은 점심을 함께했다. 헤어지며 서로를 꼭 안았을 때, 주드는 트레이시에게 그녀를 얼마나 사랑하는지, 그리고 그들의 우정이 얼마나 소중한지를 전했다.

그러나 트레이시의 가족이나 다른 친구들은 대부분 그렇게 하지 못했다. 모두들 트레이시가 그렇게 갑작스레 떠날 거라곤 상상하지 못했다. 늘 곁에서 밝게 웃으며 에너지를 전해주는 사람이었던 트레이시는 예기치 못한 교통사고로 생을 마감했다. 그녀가 떠난 지 1년이 흘렀지만, 여전히 많은 친구들은 충격과 죄책감에 괴로워하고 있었다.

"트레이시는 친구들의 삶을 변화시켰지만, 그녀에게 그 사실을 말해준 사람은 적었어요. 모두들 트레이시가 그런 확인을 필요로 하지 않을 거라고 생각했거든요." 주드는 조용히 말을 이어갔다. "비록 트레이시는 표현을 요구하지 않는 사람이었지만, 친구들이나 가족의 격려와 사랑이 있었다면 훨씬 더 행복했을 거예요. 그래서 모두들 마음을 전하지 못한 것을 후회하고 있어요."

나는 인간관계에서 감정을 솔직히 나누는 것이 얼마나 중요한지에 대해 주드와 깊이 공감했다. 그것은 나 역시 살아오면서 배운 가장 중요한 교훈 중 하나였다. 주드와의 대화를 통해 그 교훈이 더욱 명확해졌다.

주드의 몸은 병에 시달리고 있었지만, 그녀의 영혼은 여전히 빛났다. 때로는 그녀의 입에서 침이 흘렀고, 옷은 멋이 아닌 실용성을 따랐지만, 그녀는 여전히 품위와 아름다움을 간직한 사람이었다. 그녀의 영혼과 한때 그녀를 수놓았던 아름다움의 흔적은 지금도 그녀의 존재를

더 늦기 전에, 더 솔직하게

환하게 빛나게 했다. 나는 미소를 지으며 그녀의 말에 동의했고 내 생각을 덧붙였다. "맞아요. 너무 많은 것들이 자부심이나 무관심, 그리고 보복이나 굴욕에 대한 두려움 때문에 억눌리곤 하죠. 그걸 깨고 나오는 건 정말 용기가 필요한 일이에요."

"내가 말하고 싶은 게 바로 그거예요." 주드는 조용히 말을 이어갔다. "감정을 표현하려면 정말로 용기가 필요해요. 특히 누군가의 도움이 필요하거나, 사랑한다고 말할 때도 마찬가지예요. 그들이 어떻게 반응할지 모를 때, 특히 더 어렵죠. 하지만 감정을 나누는 연습을 하다 보면, 어떤 상황에서든 점점 더 나아져요. 자존심 같은 건 결국 시간낭비일 뿐이에요." 그녀는 잠시 말을 멈추고 내 손을 가만히 잡았다. "솔직히 지금 저를 보세요. 저는 이제 혼자서 용변 뒤처리조차 할 수 없어요. 그런데 그게 뭐가 중요하겠어요? 우린 다 인간이에요. 우리는 약해도 괜찮아요. 약함도 결국 삶을 살아가는 과정의 일부잖아요."

주드를 만나기 전까지 나는 힘겨운 시간을 보내고 있었다. 주드와 감정에 대해 이야기하고 싶었던 이유도 아마 그 때문이었을 것이다. 간병일은 때로 몰아치듯 한꺼번에 들어오기도 했지만, 완전히 끊겨버리기도 했다. 일이 없을 때는 작곡과 같은 창의적인 작업에 몰두할 시간이 생겨 나름의 여유를 즐기기도 했지만, 그 기간이 너무 길어지면 불안이 점점 마음을 갉아먹었다. 거의 두 달 동안 일이 끊기자 경제적으로도 힘들어졌다. 내가 번 돈은 거의 작곡과 관련된 일에 쓰였고, 남은 돈은 얼마 되지 않았다.

예전에도 이렇게 빠듯한 생활을 해봤기에 크게 동요하지 않으려 애썼지만, 쉽지는 않았다. 집을 봐주는 일도 꾸준하지 않았다. 일이 있을 때도 있었지만, 없을 때도 많았다. 다음 머물 곳이 미리 정해지지 않은 경우가 흔했다. 당장 갈 곳이 없어 길거리에 나앉게 될 것 같을 때, 마치 기적처럼 새 일이 들어오기도 했다. 정신력이 강하고 여유로웠던 시절에는 오히려 이런 위험과 긴장을 즐기기도 했다. 그 순간 아드레날린이 솟구치는 것을 느꼈다. 전화벨이 울리고 누군가 급히 집을 맡길 사람을 찾고 있다는 말을 들으면 나는 안도의 한숨을 내쉬곤 했다. 그들도 집을 맡길 사람을 급히 찾아야 했겠지만, 나 역시 머물 곳을 찾느라 애태우고 있었기 때문이다.

입소문이 퍼지고 단골 고객들이 생기면서, 그들끼리 서로 네트워크를 만들어 내가 시간이 빌 때를 놓치지 않으려 했다. 한 친구가 집으로 돌아오는 날에 맞춰 다른 친구가 집을 맡길 수 있도록 여행 계획을 조율하며 협력했다. 이런 방식 덕분에 몇 달 치 예약이 미리 채워지기도 했다. 나는 이런 안정감을 좋아했다. 머물 곳이 확실히 정해져 있으면 삶이 훨씬 더 수월해지기 때문이다.

하지만 그 안정도 항상 지속되지는 않았다. 그럴 때면 도심을 떠나 근교의 친구들을 방문하거나 그들의 집에서 잠시 쉬었다. 떠나고 싶지 않은 날이면 친구네 집의 남는 방이나 쇼파에서 지내기도 했다. 처음에는 이런 생활이 꽤 쉬웠다. 하지만 몇 년이 지나자, 친구들에게 폐를 끼치는 것 같은 두려움이 나를 억눌렀다. 물론 친구들은 그렇지 않다고 말하며 언제든 환영이라고 했지만, 나는 그 말에 마음이 놓이지 않았다.

내가 정착해 살던 시절에는 집에 늘 방문객들이 있었

다. 나는 누군가를 받아들이는 것이 누군가의 도움을 받는 것보다 훨씬 편했다. 도움을 받는 일은 여전히 어려웠다.

어느 순간부터 친구들에게 잠시 머물러도 되냐고 물어보는 일이 절망스럽게 느껴지기 시작했다. 과거 나를 상처 입혔던 사람들에 대한 용서와 동정은 어느 정도 이루어졌지만, 나 자신을 받아들이고 긍정적으로 바라보는 일은 여전히 고통스럽고 더디기만 했다. 새롭고 긍정적인 생각들이 조금씩 싹을 틔우고 있었지만, 오래된 부정적인 사고의 뿌리는 쉽게 뽑히지 않았다. 예고 없이 여기저기서 다시 모습을 드러냈다.

일이 끊기고 돈이 바닥났을 때, 나는 가장 친한 친구에게 전화를 걸어 머물 수 있는지 물었다. 하지만 그녀에게도 개인적인 일이 생겨 나를 받아줄 수 없다고 했다. 그 결정은 나와 무관한 것이었지만, 당시의 나는 그것을 나에 대한 거절로 받아들였다. 내 존재가 그녀에게 부담이 된 것만 같았고, 그 생각이 나를 몹시 괴롭혔다.

어쩔 수 없이 다른 몇몇 친구들에게도 연락했지만, 그들 모두 사정이 있었다. 한 친구는 멀리 떠나 있었고, 다른 친구는 이미 집에 다른 손님이 머물고 있었다. 마지막으로 연락한 친구는 중요한 프로젝트 때문에 나를 받아들일 수 없다고 했다. 나는 점점 더 깊은 절망으로 빠져들었다. 돈을 빌리지 않고는 다른 도시로 이동할 방법도 없었기에, 내 선택지는 단 하나였다. 내 차에서 생활하는 것.

이것은 과거에 내가 지프차를 몰며 여행을 다녔던 때와는 전혀 다른 상황이었다. 그때는 뒷좌석에 있는 편안한 침대보다 더 좋아하는 잠자리가 없었고, 그 자유로움이 나를 설레게 했다. 하지만 지금 내가 가진 건 경차였다. 뒷좌석에 누우면 다리조차 펼 수 없었고, 사생활을 지켜줄 커튼 하나 없는 노출된 공간에서 한겨울을 견뎌야 했다. 노숙자가 된 것 같은 현실이 나를 공포로 몰아넣었다.

어두워지기 전에 차를 몰고 다니며 비교적 안전해 보이는 장소 몇 곳을 확인했다. 근처에 화장실이 있는지도 꼼꼼히 따져야 했다. 한밤중에 남의 잔디밭에 볼일을 보다 사람들에게 들키는 일은 상상만 해도 소름이 돋았다.

머물 곳 없이 다른 사람들의 눈을 피해 살아가는 삶

은 상상 이상으로 지루하고 힘들었다. 해가 뜨면 잠에서 깨어 장소를 비켜주어야 하고, 사람들이 모두 집으로 돌아갈 때까지 쉴 곳을 찾지 못한 채 어디선가 기다려야 했다. 그리고 그런 기다림조차 머무를 마땅한 장소가 없어 더 초조하고 불편했다. 이런 생활은 하루가 끝도 없이 이어지는 것처럼 느껴지게 했다. 밤이 되면 한층 더 고통스러웠다. 너무 불편했고, 얼어붙을 듯 춥고, 무엇보다도 외로움이 온몸을 무겁게 짓눌렀다.

어느 날은 카페에 가서 차 한 잔을 시켜 놓고 음악을 들으며 최대한 늦게까지 머물렀다. 마치 랄프 맥텔(Ralph Mctell)의 노래, 런던의 거리(Street of London)에 나오는 노인이 된 듯한 기분에 휩싸였다. 그 노인은 카페에 머물기 위해 차 한 잔을 시켜 놓고 천천히 마시며 시간을 버텼다. 그 노래는 내가 기타를 배우던 시절, 처음으로 연주했던 곡 중 하나였다.

동이 트기 전이면 해변 근처의 의회 화장실로 가서 문이 열리기를 기다렸다. 문이 열리면 의회 직원의 눈총을 견디며 세수를 하고, 이를 닦고, 화장실을 사용했다. 직원들이 나를 어떻게 생각하든 상관하지 않았다. 내가 나

더 늦기 전에, 더 솔직하게

자신을 바라보는 시선보다 그들의 시선이 더 나쁠 수는 없다고 생각했기 때문이다. 그때 나는 이미 내 스스로에 대한 고민으로 벅차, 다른 사람들이 나를 어떻게 바라보는지는 그리 중요하지 않았다.

어느 날 밤, 나는 '배고픈 사람들에게 밥을(Feed the Hungry)'이라는 자선 단체의 행사를 찾아갔다. 평소 돈이 있을 때면 10달러, 20달러씩 기부했던 곳이었다. 그들이 베푸는 따뜻한 음악과 채식 요리는 마음을 위로해주었다. 하지만 이제 내가 그들의 도움을 받아야 하는 처지가 되자 그 온기가 오히려 비참하게 느껴졌다. 그 따스함 속에서 나는 더 초라해졌다.

다음 날 아침, 나는 항구 근처의 바위에 앉아 힘과 용기, 그리고 기적을 달라고 간절히 기도했다. 그 순간, 돌고래 떼가 물살을 가르며 나타났다. 한 마리가 물 위로 뛰어오르며 몸을 뒤집는 모습을 보았다. 그 광경은 마치 무겁기만 했던 내 인생을 잠시나마 가볍게 만들어주는 것 같았다. 그 순간, 내 마음속에 오랜만에 희망이 생겼다. 나는 멀리서 사는 몇몇 친구들을 떠올렸고, 그들에게 지낼 곳을 부탁해 보기로 결심했다. 그 친구들은 언제나 따뜻하고 친절한 사람들이었다. 그러나 절망에 갇혀 있던 나는 도움을 요청할 용기를 내지 못한 채, 그런 사람들이 있다는 사실조차 잊고 있었다. 나는 내 감정을 솔직히 표현할 용기가 없었다. "나도 이런 내가 싫어. 하지만 잠깐 머물게 해줄 수 있겠니?"라는 한마디조차 하지 못했다.

하지만 희망이 피어나자, 나는 항구 주변을 산책하며 친구들에게 전화를 걸어야겠다고 다짐했다. 그 순간 내 전화가 울렸다. 에드워드였다. 그는 아내 주드의 간병을 바로 시작해줄 수 있느냐고 물었다. 그리고 그들의 집에 내가 머물 수 있는 아늑한 방이 준비되어 있다고 했다. 그날 저녁, 나는 뜨거운 목욕 후 포근한 이불을 덮고 누웠다. 추위도 경련도 없이 침대에서 다리를 쭉 펴고 잠들고, 다시 일을 시작하며 돈을 벌 수 있게 되었다. 인생이 한순간에 얼마나 극적으로 바뀔 수 있는지 새삼 깨달았다.

주드의 집에 들어가기 전, 내가 그토록 비참했던 이유는 단지 일이 없어서만은 아니었다. 오래된 부정적인 사고방식이 다시 자라나 나를 짓눌렀기 때문이다. 다행히 긍정적인 사고의 씨앗들도 함께 자라나고 있었지만, 옛

더 늦기 전에, 더 솔직하게

날 습관과 사고를 완전히 버리는 데는 시간이 필요했다. 무엇보다도, 다른 사람에게 도움을 요청할 용기가 없다는 사실이 이 과정을 더욱 어렵게 만들었다.

나중에 다시 일이 잠시 끊겼을 때, 나는 돌고래를 보며 떠올렸던 친구들에게 전화를 걸었다. 그들은 따뜻하게 반겨주었고, 흔쾌히 남는 방을 내주었다. 나는 여전히 감정을 표현하는 법을 배우는 중이었지만, 이전보다 훨씬 나아지고 있었다.

⚜

"사람들은 흔히 해야 할 말을 가슴속에 묻어두고 살아가요," 주드가 조용히 말했다. "그게 상대방이 듣고 싶어 하는 말이든 아니든 말이에요. 그러니 그런 것들을 상기시켜 줄 무언가가 필요해요. 그리고 진정한 성장을 위해서는 감정을 표현해야 해요. 그렇게 해야 우리가 깨닫지 못하는 사이에 이런저런 방법으로 도움을 받게 되거든요. 무엇보다 정직함이 가장 효과적이에요."

나는 미소를 지으며 항구 쪽을 바라보았다. 달빛이 아

름답게 비추는 물 위로 배들이 정박해 있었다. 정말 멋진 풍경이었다. 주드는 다시 한번, 감정을 솔직히 표현하는 것이 중요하다고 강조했다. 그래야만 우리가 스스로 만들어 온 제한에서 벗어나 어린 시절의 자유로운 영혼으로 돌아갈 수 있다고 했다. 감정을 표현하는 것에 죄책감을 느낄 필요도 없고, 누군가가 그런 용기를 냈을 때 그들에게 죄책감을 안겨서도 안 된다고 그녀는 말했다.

주드를 돌보기 시작한 지 몇 달 후, 그녀의 병세는 더욱 악화되었다. 결국 집에서 돌볼 수 없는 상태가 되어, 호스피스 센터로 옮기게 되었다. 나는 새로운 일을 하면서 틈틈이 호스피스 센터에 들러 주드를 보았고, 에드워드와 라일라도 만날 수 있었다. 그러던 어느 날, 주드의 침대 곁에 낯선 노부인이 앉아 있었다. 금방 그녀가 주드의 어머니인 것을 알 수 있었다. 주드는 어머니를 많이 닮아 있었다.

주드가 써놓은 편지를 어머니에게 전한 사람은 에드워드였다. 그는 사랑하는 아내가 죽기 전에 꼭 그 일을 해주고 싶었다고 했다. 이제 주드는 말을 할 수 없었지만, 전하고 싶은 말은 모두 편지에 담겨 있었다. 주드는 어머

더 늦기 전에, 더 솔직하게

니를 여전히 사랑한다고, 그녀에게서 배운 소중한 것들과 행복한 기억들이 많다고 썼다. 어머니와의 관계가 멀어져 가슴 아팠지만, 그럼에도 어머니를 향한 사랑만은 꼭 전하고 싶어 했다.

주드의 어머니는 그 편지를 읽고 며칠 뒤 딸을 찾아왔다. 그리고 그때부터 매일 방문해 주드의 마지막 여정을 함께하며 손을 잡아주었다.

주드와 잠시 이야기를 나눈 후, 나는 그녀의 볼에 키스하며 그녀와 함께한 모든 시간에 감사한다고 말했다. 그리고 마지막으로 작별 인사를 건넸다.

"내가 거기 가면 꼭 만나, 주드."

나는 눈물과 함께 미소 지으며 말했다. 주드는 힘겹게 소리를 내며 대답했다. 그녀의 입은 더 이상 웃을 수 없었지만, 눈은 분명히 웃고 있었다.

에드워드와 라일라가 내 손을 잡고 차를 세워 둔 곳까지 배웅해 주었다. 우리는 모두 눈물을 글썽였지만, 진심과 사랑이 담긴 관계에서 그런 눈물은 아무 문제가 되지 않았다. 에드워드는 장모님이 마침내 아내에게 사랑한다고 말했을 때, 주드의 양 볼로 눈물이 넘쳐흘렀다고 했다. 주드의 엄마는 자신의 기준대로만 딸을 판단하려 했던 것을 사과했다. 그리고 사회의 고정관념에서 벗어나려고 노력했던 딸의 용기와 그녀가 선택한 진정한 행복을 마음속으로 질투했던 것도 인정했다.

에드워드와 라일라를 꼭 안아주며 작별을 고했다. 나는 그들이 남은 삶을 잘 살아가기를 진심으로 바랐다.

몇 년 후, 에드워드에게서 이메일이 왔다. 너무나 반갑고 놀라웠다. 그는 라일라가 외할머니가 돌아가시기 전까지 많은 시간을 함께 하며 행복한 추억을 쌓았다고 전해주었다. 그는 장모님이 완전히 다른 사람처럼 변해 가끔은 사랑하는 아내 주드를 떠올리게 했다고도 말했다.

에드워드는 1년 전에 새로운 사람을 만나 사랑에 빠졌고, 라일라는 곧 여동생을 갖게 될 것이라는 이야기를 덧붙였다.

나는 답장에 그들 모두의 앞날에 행운이 가득하길 빌었다. 그리고 주드의 웃음, 그녀의 병을 견뎌내던 참을성과 포용력, 생각을 전하려는 그녀의 단호한 의지를 에드워드와 함께 떠올리며 추억을 나눌 수 있어 기뻤다고 답했다.

더 늦기 전에, 더 솔직하게

주드는 나에게 많은 것을 가르쳐 주었다. 그녀의 말처럼, 감정을 묻어두지 않는 삶이란 용기가 필요하다. 그 용기가 없다면 우리의 삶은 미완성인 채로 남겨진다.

나도 이제 안다. 물 밖으로 힘차게 뛰어올라 몸을 뒤집으며 기쁨을 온몸으로 보여줬던 돌고래처럼, 솔직하게 감정을 표현하는 순간 느끼는 그 진정한 기쁨을. 주드는 그것을 내게 가르쳐 주었고, 그 교훈은 지금도 내 삶 속에서 빛을 발하고 있다.

4장

친구들과 계속
연락하고 지냈더라면

외로움은 혼자
있는 것과 다르다

　　　　　　　　　나는 주로 가정에서 일정
기간 환자를 돌보는 일을 했다. 하지만 가끔 요양원에서
교대근무를 해야 할 때도 있었다. 그럴 때면 다행이라는
생각부터 들었다. 오래 머무르지 않아도 된다는 사실이
나를 안심시켰다. 솔직히 말해, 그곳에서 장기간 머물러
야 했다면 견디기 힘들었을 것이다.

　이곳의 노인들은 말기 환자도 아니었고, 특별히 심각
한 상태에 있는 분들도 아니었다. 다만 조금 더 따뜻한
손길과 약간의 보살핌이 필요한 분들이 대부분이었다.
나는 기존 팀의 빈자리를 채우기 위해 특정한 환자 없이

전체 업무를 돕는 날도 있었다.

요양원에서의 삶을 피하고 싶어 하는 건 누구나 마찬가지다. 하지만 우리 사회의 현실을 직시한다면 언젠가 그곳에서의 삶이 나의 일이 될 수도 있다는 가능성을 부정할 수 없다. 요양원이라는 공간을 잠시라도 경험하면 알게 된다. 그곳에는 외로움이 공기처럼 퍼져 있고, 사람들의 주름 사이사이에 스며 있다.

요양원에서 함께 일하는 직원들을 보면 때로는 감동을 받고, 때로는 큰 자극을 받는다. 내가 잠시 함께 일했던 직원 중에는 정말 따뜻하고 선량하며, 자기 적성을 제대로 찾아온 것 같은 사람들도 있었다. 그들은 맑은 영혼과 친절한 마음으로 이 일을 했다. 그런 사람들이 있다는 사실만으로도 위로가 되었고, 사회에 대한 믿음을 키울 수 있었다. 하지만 요양원들은 대부분 인력이 부족했다. 이런 사람들이 밝은 에너지를 오래 유지하기에는 환경이 너무 버거워 보였다.

반면, 어떤 직원들은 이 일에 열정을 잃었거나 애초부터 이 일을 좋아하지 않았던 듯 보였다. 공감은 인간관계에서 매우 중요한 미덕이지만, 내가 배치된 팀에서는 그

공감이 사라진지 오래였다. 그들은 더 이상 누군가의 손을 잡아주는 사람도, 따뜻한 위로를 건네는 사람도 아니었다.

내가 새로운 팀원으로 배치된 첫날 저녁이었다. 요양원의 입소자들은 안경을 쓰고 지팡이를 짚은 채 공동 식당으로 발을 질질 끌며 들어왔다. 이 요양원은 사립 시설이었고, 비교적 부유한 노인들이 입소해 있었다. 요양원의 내부는 매우 호화로웠다. 실내 장식은 고급스러웠고, 정원은 잘 가꾸어져 있었으며, 공동 공간도 깔끔하게 정돈되어 있었다. 하지만 그 화려한 껍데기와 달리 식사는 끔찍했다.

모든 음식은 외부에서 조리되어 배달된 뒤 전자레인지에 데워 제공되었다. 음식에서 좋은 냄새는커녕, 맛조차 기대할 수 없었다. 입소자들이 일주일 전에 미리 주문해둔 식단대로 음식이 데워져 식판에 담겼다. 음식을 나눠주는 직원들은 무뚝뚝한 얼굴로 말없이 식판을 건넸다.

식사 시간이 되자 몇몇 입소자들이 나를 테이블로 불러 앉혔다. 그들은 나와 대화를 나누고 싶어 했다. 아니, 정확히 말하면 내가 그들의 세계에 새로 들어온, 활기찬

외로움은 혼자 있는 것과 다르다

존재라는 점이 중요했다. 대부분 정신이 또렷하고 사회적인 교류를 좋아하는 보통 사람들이었다. 몸은 늙고 허약해졌지만, 그 외에는 큰 문제가 없었다. 불과 1~2년 전만해도, 활발하게 독립적인 삶을 누리던 이들이었으니 그럴 수 밖에 없었다.

식판을 바꾸러 부엌으로 돌아가자, 직원 몇몇이 나를 못마땅하게 쳐다봤다. 내가 입소자들과 웃으며 이야기를 나눈 것이 그들의 눈에 거슬린 듯했다. 나는 그런 시선을 애써 무시했다.

양고기 접시를 가져가며 주방 책임자에게 말했다.

"버니는 양고기가 아니라 닭고기를 주문했대요."

그녀는 반쯤 비웃는 듯한 표정으로 대답했다.

"빌어먹을, 그냥 주는 대로 먹으라고 해."

그 말에 굴하지 않고 차분히 대꾸했다.

"저희가 닭고기를 줄 수 있잖아요?"

그녀의 얼굴이 금세 딱딱해졌다. 목소리는 한층 매서웠다.

"그 노인네가 양고기를 먹기 싫다면 굶어야지."

그녀의 얼굴에는 마치 그 말이 당연하다는 듯한 표정

이 떠 있었다. 순간적으로 그 불행해 보이는 얼굴이 안쓰럽기도 했지만, 방금 내뱉은 말만큼은 절대 용납할 수 없었다. 그 장면을 지켜보고 있던 레베카라는 직원이 다가와 위로하듯 나지막이 말했다.

"그 사람 신경 쓰지 마요, 브로니. 원래 저래요."

나는 그녀의 위로에 감사하며 미소 지었다.

"그 사람에 대해 신경 쓰는 건 아니에요. 전혀요. 하지만 아침저녁으로 이런 대우를 받고 살아야 하는 입소자들에겐 마음이 쓰여요."

내 말에 레베카는 잠시 침묵했다. 그 침묵 속에서 그녀는 천천히 고개를 끄덕였다.

요양원의 화려한 외관과는 달리, 내부의 차가운 현실이 마음을 저며왔다. 시설은 깨끗하고 고급스러웠지만, 따뜻함과 배려가 부족했다. 외로움은 단순히 혼자라는 상태를 의미하지 않는다. 그것은 사람을 천천히 갉아먹으며, 삶을 끝없이 쓸쓸하고 무기력하게 만들었다.

레베카가 조용히 속삭였다.

"처음 여기서 일을 시작했을 때는, 저도 그 부분 때문에 아주 많이 힘들었어요. 하지만 이제는 제 능력 안

외로움은 혼자 있는 것과 다르다

에서 최대한 환자들에게 친절을 베풀려고 해요."

"레베카, 충분히 잘하고 계시네요."

나는 미소를 지으며 대답했다. 레베카는 내 등을 가볍게 토닥이며 말했다.

"우리처럼 생각하는 사람들이 조금은 있어요. 충분하지는 않지만요."

식사가 끝나자, 일부 직원들이 밖으로 나가 담배를 피웠다. 하지만 나와 몇몇은 식당에 남아 입소자들과 이야기를 나눴다. 열 명 남짓한 사람들이 모여 앉아 웃고 떠들며, 쾌활한 분위기를 만들었다. 그들의 재치 있고 활기찬 모습은 나를 놀라게 했다. 그런 사람들이 요양원의 답답한 공기에 어떻게 그렇게 잘 적응했는지 궁금하기도 했다.

요양원의 입소자들은 각자 목욕탕이 딸린 방을 썼다. 내가 밤마다 그들을 돌보러 돌아다닐 때면, 방마다 주인의 개성이 묻어나 있었다. 가족들의 웃는 사진과 그림, 손으로 뜬 깔개, 가장 좋아하는 찻잔, 그리고 발코니의 작은 화분까지. 그 방들은 단순한 공간이 아니라, 그들의 이야기를 품고 있는 작은 우주였다.

도리스를 처음 만난 것도 그런 방 중 하나였다. 나는 경쾌한 발걸음으로 들어가 밝게 인사를 건넸다. 도리스는 분홍색 잠옷을 입고 침대에 조용히 앉아 나를 바라보았다. 처음엔 웃으며 맞이했지만, 금세 시선이 흐려지더니 눈물이 주르륵 흘렀다.

"괜찮으세요?"

나는 걱정스레 다가가 그녀의 곁에 앉았다. 그녀는 아무 말도 없이 내 어깨에 기대 울음을 터뜨렸다. 나는 조용히 그녀를 안고 속으로 기도했다. '이 여인을 어떻게 위로할 수 있을까.'

"미안해요. 별것도 아닌데 왜 이러는지 모르겠어요."

한참 후에야 그녀는 눈물을 닦으며 부끄러운 듯 중얼거렸다.

"무슨 일이 있으세요?" 나는 부드럽게 물었다.

그녀는 지난 넉 달간 요양원에서의 생활을 털어놓기 시작했다. 활기찬 얼굴도 따뜻한 말도 보기 힘들었다고 했다. 그런데 내가 밝게 웃으며 들어오는 걸 보고 그동안 눌러둔 외로움이 한꺼번에 터져 나왔다고 했다. 나는 잠시 눈물이 나올 것 같았지만, 그녀를 안심시키려 애썼다.

외로움은 혼자 있는 것과 다르다

그녀는 딸이 일본에 산다고 말했다. 연락은 자주 하지만 예전만큼 가깝지는 않다고 했다.

"처음엔 어떤 것도 엄마와 딸 사이를 갈라놓을 수 없을 것 같았어요. 하지만 살다 보니 그렇지 않더군요. 싸우지도 않았고, 미워해서도 아니에요. 그냥 사는 게 바빴던 거죠."

그녀는 잠시 말을 멈췄다가 다시 이어갔다.

"몇 년 동안 딸을 놓아주는 법을 배웠어요. 내가 낳긴 했지만, 딸을 소유한 건 아니니까요. 부모는 그저 자녀가 스스로 독립할 수 있을 때까지 돌봐주는 역할을 맡은 것뿐이에요. 딸은 지금 자기 인생을 잘 살아가고 있어요. 내가 원했던 그대로요."

그녀의 말은 외로움 속에서도 깊은 지혜를 품고 있었다. 나는 그녀의 손을 잡으며, 삼십 분 뒤에 다시 오겠다고 약속했다. 그녀는 기다리겠다고 했고, 나는 미소를 지으며 방을 나섰다.

그 후로 도리스와 나는 밤마다 이야기를 나누었다. 도리스는 내 손을 꼭 잡고, 때로는 내 손가락이나 내가 낀 반지를 만지작거리며 장난을 쳤다. 하지만 자신이 그러고 있다는 것조차 알아차리지 못할 정도로 이야기에 몰두한 모습이었다.

"여기에서 외로움 때문에 죽어가고 있었어요, 나는."

그녀는 슬픈 눈빛으로 말했다.

"외로움이 사람을 죽일 수 있다는 말을 들은 적이 있었는데, 정말 그래요. 외로움은 우리를 천천히 갉아먹어요. 때로는 사람이 너무 그리워서 미칠 것 같아요."

도리스는 이곳에 와 처음으로 누군가에게 안겼다고 했다. 그녀의 말을 듣는 순간, 내 마음이 먹먹해졌다. 그녀는 내가 이 이야기에 부담을 느낄까 걱정하는 눈치였지만, 나는 진심으로 그녀의 이야기를 듣고 싶다고 말했다. 그녀가 어떤 사람인지 더 알고 싶었다.

"무엇보다 친구들이 너무 그리워요." 도리스가 고개를 숙인 채 말했다. "몇몇은 세상을 떠났고, 몇몇은 나처럼 요양원에 있어요. 나머지는 그저 연락이 끊겼죠. 요즘은 그 친구들과 연락이 끊기지 않았더라면 얼마나 좋았을까, 그런 생각을 자주 해요. 우리는 친구들이 항상 곁에 있을 거라고 믿죠. 하지만 시간이 흐르다 보면 어느 순간 깨닫게 돼요. 나를 진정으로 이해해 주고, 내 과거를 함

외로움은 혼자 있는 것과 다르다

께 했던 사람들이 하나둘 사라져간다는 사실을요."

나는 조심스럽게 그녀에게 그 친구들과 다시 연락해 보는 것이 어떻겠냐고 제안했다. 하지만 도리스는 고개를 저으며 말했다.

"너무 오래됐어요. 어디서부터 시작해야 할지조차 모르겠어요."

"제가 도와드릴게요." 나는 그녀의 손을 잡고 말했다.

도리스는 처음에는 망설였다. 내 시간을 빼앗는 게 아닐지 걱정하며 거절하려 했다. 하지만 나는 괜찮다고 말하며 계속 설득했다. 나는 사람을 찾는 일을 좋아했다. 이전에 은행에서 사기와 위조죄 관련된 조사 업무를 맡았던 경험 덕분에 사람들의 주소나 연락처를 알아내는 기술을 익힐 수 있었다. 도리스는 내 설명에 웃음을 터뜨리며 마침내 동의했다. 그녀의 미소 속에는 희미하지만 분명한 희망이 깃들어 있었다.

도리스를 돕고 싶었던 이유는 단순했다. 그녀가 처음부터 내 마음을 끌었고, 무엇보다 그녀가 느끼는 고통을 내가 너무나 잘 알고 있었기 때문이다.

외로움이 오래 지속되면 사람은 그 고통 속에서 서서

히 무너진다. 나 역시 그런 외로움을 겪어봤다. 다른 사람에게 이해받고 싶은 간절한 열망, 그 욕구가 얼마나 강렬한지를 나는 알고 있었다. 한때 나는 사람들을 피하면 고통도 피할 수 있다고 생각했다. 사람들과 거리를 두면 상처받을 일이 없을 거라 믿었던 때가 있었다.

하지만 시간이 지나 깨달았다. 마음의 상처를 치유하는 유일한 방법은 사람들과 다시 연결되고, 그들의 사랑과 따뜻함을 받아들이고 내 마음을 여는 것, 그 단순한 진리를 깨닫기까지 나는 오랜 시간을 방황해야 했다.

겉으로 보기에는 나는 여전히 친절하고 성격 좋은 사람이었다. 하지만 과거의 상처가 남긴 고통은 여전히 나를 짓눌렀다. 물론 이제는 그런 고통을 겪는 사람들을 더 깊이 이해하고, 동정심을 가질 수 있었다. 하지만 나 자신도 더 성장해야 했고, 더 나아져야 했다. 수십 년 동안 몸에 밴 부정적인 사고는 쉽게 사라지지 않았다. 때로는 그런 생각들이 다시 고개를 들었지만, 이제 나는 더는 그들에게 끌려 가지 않았다. 나는 내가 생각했던 것보다 훨씬 더 가치 있는 존재라는 사실을 이해하고 있었으니까. 다만, 그 이 이해가 감정적으로 완전히 자리잡기까지는 시간이 필요했다. 그리고 나는 그 치유의 길을 묵묵히 걸어가고 있었다.

미국의 전설적인 컨트리 싱어송라이터 겸 배우인 크리스 크리스토퍼슨(Kris Kristofferson)이 부른 '일요일 아침이 오네(Sunday Morning Coming Down)'는 내 인생 주제곡 같았다. 그의 음악은 내 삶 곳곳에 스며들었고, 글쓰기에도 많은 영향을 주었다. 특히 이 노래는 내가 겪은 외로움을 가장 잘 표현한 곡이었다. 일요일은 늘 최악이었다. 루신다 윌리엄스(Lucinda Williams)의 '일요일을 도저히 버틸 수가 없어(I can't seem to make it through Sunday)' 역시 내 마음을 위로해준 또 다른 노래였다.

하지만 문제는 일요일에만 국한되지 않았다. 외로움은 가슴 속에 깊고도 고통스러운 공허감을 남겼다. 그 고통은 참기 힘들었고, 시간이 지날수록 절망을 키웠다. 그 시절 나는 도시의 도로나 시골길을 무작정 걸었다. 수 마일을 걷고 또 걸었다.

외로움은 단지 주변에 아는 사람이 없는 데서 비롯되는 것이 아니었다. 외로움은 자신을 진정으로 이해하고 받아들여 주는 사람이 없을 때 생긴다.

사람들로 붐비는 장소에서도 외로움은 사라지지 않았다. 오히려 그런 장소에서는 그 많은 사람 중 나를 이해해 줄 사람이 단 한 명도 없다는 사실이 외로움을 더 깊게 했다. 나를 알아줄 사람이 없을 때, 혹은 있는 그대로 나를 받아들여 줄 사람이 없을 때, 외로움은 더 선명하고 차갑게 모습을 드러냈다.

혼자 있는 것과 외로움은 완전히 다른 감정이다. 혼자 있을 때 느끼는 고요함이나 자유로움은 외로움과는 거리가 멀다. 외로움은 내게 진정으로 연결된 친구, 나를 이해해 주는 사람을 간절히 갈망하게 한다. 외로움이 가슴 깊이 파고들어 견딜 수 없는 고통으로 부풀어 오를 때, 삶의 끝을 생각한 적도 있다. 하지만 죽고 싶었던 건 아니었다. 살고 싶었다. 다만, 나 자신을 새롭게 받아들이고 오래된 상처와 부정적인 생각에서 벗어나는 일은 너무도 힘겨웠다. 사랑과 행복이 다시 내 삶으로 스며들 수 있다는 사실조차 나에게는 거부감으로 다가왔다. 그런 행복

외로움은 혼자 있는 것과 다르다

을 누릴 자격이 과연 나에게 있을까, 그런 의심은 나를 더 깊은 곳으로 몰아넣었다. 모든 것을 놓아버리고 싶었던 순간들이 적지 않았다. 그저 고통에서 벗어나고 싶을 뿐이었다.

그러던 어느 날, 외로움의 고통이 절정에 달했을 때, 기도의 응답처럼 한 통의 전화가 걸려왔다. 친구였다. 그는 내가 힘든 시기를 겪고 있다는 것은 알고 있었지만, 바로 그 순간 내가 눈물 속에서 유서를 쓰고 있다는 사실은 알지 못했다.

그는 내게 아무 말도 하지 않아도 괜찮다며, 그저 듣기만 해도 된다고 말했다. 기진맥진한 나는 겨우 동의했고, 그는 기타를 치며 돈 맥클린(Don McLean)의 '빈센트(Vincent)'를 부르기 시작했다. 'Starry, Starry Night(별이, 별이 빛나는 밤에)'라는 가사가 내 귀에 잔잔히 울려 퍼졌다. 그가 노래를 부르면서 '빈센트' 대신 내 이름을 넣었을 때, 눈물이 쏟아져 멈출 줄 몰랐다. 빈센트 반 고흐의 내면적 갈등과 고통을 담은 그 노래는 부드러운 멜로디와 함께 내 마음을 녹였다.

노래가 끝났을 때도 나는 계속 울고 있었다. 그는 아

무 말 없이 기다려주었고, 나는 겨우 "고마워"라는 말을 남기고 전화를 끊었다. 그날 밤, 나는 완전히 지쳐 있었지만, 친구의 이해와 따뜻함이 나를 다시 살렸다는 것을 알았다. 그의 목소리와 노래는 내 마음을 어루만져 주었고, 내 속에 희미하게 남아 있던 희망의 불씨를 다시 타오르게 했다. 다음 날에는 영국에 사는 또 다른 친구가 전화를 걸어왔다. 우리는 오랫동안 솔직한 대화를 나누며 서로의 마음을 나눴다. 그렇게 조금씩, 나는 살아갈 힘을 되찾기 시작했다. 물론 그 이후에도 또 다른 고통과 절망의 순간이 찾아왔다. 그럴 때마다 나는 기도를 통해 강인함과 내면의 평화를 구했고, 작고도 확실한 위로들을 마음속에 새겨 넣었다.

그러던 어느 날, 도시로 향하는 고속도로를 달리던 중 차 앞 유리에 큰 새가 부딪혔다. 그 순간 나는 정신이 번쩍 들었다. 죽은 새를 생각하면 가슴이 먹먹했지만, 동시에 강렬한 메시지를 느꼈다. '삶은 이렇게도 허무하게 끝날 수 있구나. 내가 정말 이 소중한 시간을 이렇게 쉽게 포기하려 했던 걸까?' 문득 그런 생각이 들었다.

바로 그때, 라디오에서 흘러나오던 클래식 음악은 내

외로움은 혼자 있는 것과 다르다

심장을 부드럽게 감싸며 고통을 어루만져 주었다. 섬세하게 흐르던 선율과 점점 고조되는 멜로디가 마치 내 절망의 틈을 비집고 들어와 따뜻하게 채워주는 것 같았다. 그리고 나는 깨달았다. 삶은 결국 이런 작은 순간들의 조합이라는 것을. 이런 순간들이 하나하나 쌓여, 때로는 나를 살리는 힘이 된다는 것을. 나는 다시 살고 싶었다. 더 많은 아름다움을 경험하고, 더 많은 감동과 기쁨을 느끼고 싶었다.

이런 경험 덕분에 나는 도리스가 느끼는 고통을 깊이 이해할 수 있었다. 그녀 역시 자신을 진정으로 이해해 주고 받아들여 주는 친구들을 간절히 그리워하고 있었다. 그녀의 외로움은 단지 혼자여서가 아니라, 그녀의 이야기를 진심으로 들어주고 공감해 줄 이들이 사라졌기 때문이었다.

다음 주, 도리스는 정성스러운 필체로 친구 네 명의 이름과 기억나는 마지막 연락처를 내게 적어 주었다. 그녀와 함께 차를 마시며 친구들에 관한 이야기를 나눴다. 그녀의 눈빛 속에는 작은 희망이 반짝이고 있었다. 그 순간, 나 역시 그녀와 함께 따뜻한 연결의 기쁨을 느낄 수 있었다.

네 명의 친구 중 한 명은 비교적 쉽게 찾을 수 있었지만, 그녀는 뇌졸중으로 말을 할 수 없는 상태였다. 이 소식을 들은 도리스는 내게 자기가 불러주는 대로 편지를 써줄 수 있냐고 물었고, 나는 흔쾌히 응했다. 그녀는 친구의 상태에 깊은 슬픔을 느꼈지만, 적어도 편지를 전할 수 있다는 사실이 그녀의 마음을 조금은 편하게 해주었다.

엘시에게

너의 건강이 좋지 않다니 마음이 아프구나. 우리가 마지막으로 만난 게 언제인지 기억도 가물가물하네. 내 딸 앨리스는 여전히 일본에서 살고 있어. 나는 집을 정리하고 지금은 요양원에서 지내고 있단다. 이 편지는 여기서 나를 돌봐주는 젊은 아가씨가 대신 적어주고 있어. 여전히 널 사랑해, 엘시.

너의 진정한 친구,

도리스

짧은 편지였지만, 도리스가 전하고 싶던 말은 모두 담겨 있었다. 그날 밤, 나는 엘시의 아들에게 전화를 걸어 편지를 읽어주었다. 그는 내용을 받아 적으며 어머니에게 직접 읽어주겠다고 약속했다. 며칠 뒤, 엘시가 편지 덕분에 환한 미소를 지었다는 소식을 전해주었다. 나는 이 이야기를 도리스에게 전했고, 그녀의 얼굴에도 만족스러운 미소가 번졌다.

그 후 몇 주 동안, 나머지 친구들을 찾기 위해 온갖 노력을 기울였다. 하지만 슬프게도 그들은 이미 세상을 떠난 상태였다. 도리스는 잠시 고개를 숙이더니 이내 "그럴 수도 있다고 생각했어요."라며 받아들이겠다는 듯 고개를 가볍게 끄덕였다.

하지만 나는 마지막 친구 로레인을 꼭 찾아야겠다는 결심을 했다. 인터넷을 뒤지고 수많은 전화를 걸었지만, 번번이 "이름은 맞지만, 성이 다릅니다."라는 대답을 들어야 했다. 그러는 동안에도 나는 일주일에 두 번씩 도리스를 찾아갔다. 그녀는 늘 내가 앉자마자 손을 꼭 잡았다. 때로는 "바쁜 사람이 이런 데서 시간 낭비하면 어떡해요."라며 나를 쫓아내려 하기도 했지만, 내가 진심으로 그녀와의 대화를 즐긴다고 말하면 안심한 얼굴로 다시 웃곤 했다. 그녀는 정말 매력적인 노인이었고, 그녀와의 대화는 항상 배움과 즐거움으로 가득했다.

마침내 한 통의 전화가 걸려왔다. 자신이 로레인의 옛 이웃이라며 그녀의 가족이 교회 근처로 이사 갔다고 알려주었다. 그의 도움 덕분에 드디어 로레인을 찾아낼 수 있었다.

내가 도리스의 소식을 전하자, 로레인은 한참 말을 잇지 못했다. 이내 숨을 고르고는 빨리 친구와 통화하고 싶다고 말했다. 나는 도리스에게 로레인의 이름과 전화번호를 건넸다. 그녀는 눈물을 참지 못하며 나를 꼭 끌어안았다.

전화를 걸기 전, 도리스는 너무 흥분한 나머지 손을 덜덜 떨었다. 내가 대신 번호를 눌러주며 그녀의 손을 따뜻하게 감싸주었다. 수화기 너머로 친구의 목소리를 듣는 순간 도리스의 얼굴이 환하게 빛났다. 나이 들어 떨리는 목소리였지만, 그 안에는 여전히 소녀 같은 설렘이 담겨 있었다. 방 안은 웃음소리로 가득 찼고, 나는 그 소리를 들으며 방을 정리했다. 그 순간, 세상은 평온하고 완벽해 보였다.

퇴근 시간이 다가와 도리스의 방에 들러 인사를 건넸다. 문가에 서서 손을 흔들자, 도리스는 잠시 통화를 멈추고 나를 향해 고개를 돌렸다.

"고마워요, 브로니. 정말 고마워요."

나는 얼굴이 아플 만큼 활짝 웃으며 고개를 끄덕였다. 복도를 걸어가면서도 그녀의 웃음소리가 들렸다.

날씨는 너무도 아름다웠고, 나는 강물에서 수영을 하며 하루를 마무리했다. 강물 속에 몸을 맡긴 채 황홀한 평온함에 잠겼다. 해가 진 뒤 집에 도착하자 요양원에서 전화가 걸려 왔다. 수화기 너머로 들려온 목소리는 도리스를 처음 만났던 날, 나를 따뜻하게 위로해 주었던 레베카였다. 그녀는 조심스럽게 도리스가 그날 오후 잠든 채로 조용히 세상을 떠났다고 전해주었다.

전화를 끊자마자 눈물이 흘렀지만, 한편으론 도리스가 마지막 순간에 진정으로 원하는 것을 이뤘다는 생각에 안도했다. 사랑했던 친구들과 연결되며 그녀는 평온하게 떠날 수 있었다.

짧은 시간 안에 한 사람의 삶이 이렇게 크게 변할 수

있다는 사실은 언제나 경이롭다. 처음 만났을 때는 내 시선조차 피하며 외로움에 갇혀 있던 도리스가 마지막 순간에는 나를 먼저 안아주었다. 그 포옹의 따스함과 진심 어린 감동은 세상의 그 무엇으로도 대신할 수 없는 소중한 선물이었다.

전 세계의 요양원에는 여전히 아름다운 영혼을 간직했지만, 외로움 속에 고립되어 있는 노인들이 셀 수 없이 많다. 그뿐만 아니라 젊은 시절을 온전히 살아보지도 못한 채 요양원이라는 벽 속에 갇힌 사람들도 있다. 단 몇 시간이라도 누군가 이들을 찾아가 이야기를 나누고, 마음을 나눠준다면 그들의 삶에 미칠 영향은 우리가 상상하는 것 이상일 것이다. 물론, 요양원에 들어가지 않고 가족이나 친지 곁에서 평화롭게 사는 것이 가장 좋다.

하지만 현실은 그렇지 못한 경우가 많다. 그리고 그보다 더 슬픈 현실은 요양원조차 갈 수 없는 상황에서 홀로 방치된 사람들이다. 그런 삶의 고통을 가까이에서 지켜보는 일은 마음을 무겁게 한다. 하지만 우리가 조금만 시간을 내어 이들에게 다가가면, 작은 관심과 온기가 그들의 삶에 새 희망을 심어줄 수 있다.

외로움은 혼자 있는 것과 다르다

도리스와 내가 만난 시점은 마치 운명처럼 완벽했다. 그리고 그녀는 자연스럽게 떠날 때를 알고 있었다. 지금 와서 돌이켜보면, 우리는 서로의 삶 속에서 해야 할 역할을 정확히 해냈던 것 같다. 그녀는 나에게도 큰 위로와 영감을 준 사람이었다. 내가 그녀에게 고마움을 느끼는 것은 단순히 그녀의 다정함 때문만은 아니다. 그녀가 보여준 용기와 삶에 대한 태도는 나에게 깊은 인상을 남겼다.

얼마 지나지 않아, 나는 도리스의 오랜 친구인 로레인을 직접 만났다. 그녀와 도리스가 나눈 긴 통화에 대한 이야기를 들으며 마음 한구석이 뭉클해졌다. 두 사람 모두 깊은 우정 속에서 오래된 추억과 행복을 나누었다는 사실이 너무도 아름다웠다.

우리는 카페의 나무 그늘 아래 앉아 도리스와 함께했던 시간들에 대해 이야기했다. 그 대화는 차를 타고 그녀의 집 앞에 도착할 때까지 끊이지 않았다. 로레인과의 만남은 마치 도리스를 다시 만난 듯한 기분을 안겨주었다.

도리스를 알게 된 것은 내 삶에서도 하나의 축복이었다. 그녀와 함께했던 시간은 내가 잊고 있던 인간의 따스함, 관계의 진정한 의미를 다시금 깨닫게 해주었다.

　나는 간절히 바란다. 도리스가 천국에서 그녀의 다른 친구들과 다시 만나 서로의 손을 맞잡고 환한 미소를 나누고 있기를. 그 미소는 아마 이 세상 그 어디에서도 본 적 없는 가장 아름다운 빛일 것이다.

외로움은 혼자 있는 것과 다르다

5장 _____

스스로 더 많은 행복을
허락했더라면

행복, 왜 나만
예외라고 생각했을까

로즈메리는 다국적 기업의 임원으로 이름을 남긴 시대를 앞서간 여성이었다. 여성이 고위직에 진출하는 일이 거의 기적에 가까웠던 시절, 그녀는 그 벽을 깨부수며 성공의 길을 걸었다. 그러나 그 화려함 뒤에는 쉽게 들추어지지 않는 깊은 상처들이 숨겨져 있었다.

사회적 기대에 따라 이른 나이에 결혼했지만, 그녀의 결혼은 지옥이었다. 남편의 폭력과 학대는 끝이 없었고, 어느 날 밤, 그녀는 남편에게 무참히 폭행당한 뒤 거의 죽음에 가까운 상태로 버려졌다. 그날, 그녀는 더는 견딜 수 없다는 걸 깨달았고, 결혼 생활에 마침표를 찍기로 결심했다.

당시 이혼은 정당한 이유가 있더라도 가족에게 불명예로 여겨지던 시절이었다. 로즈메리의 가족은 지역에서 꽤나 명망 있는 가문으로 통했고, 그녀는 가족의 명예를 지키기 위해 모든 것을 뒤로한 채 홀로 도시로 떠났다. 낯선 곳에서 그녀는 새로운 삶을 시작하며 무너진 마음을 다잡았다.

그 끔찍한 경험은 그녀를 강철처럼 단단하게 만들었고, 남성 중심의 사회에서 성공으로 자신의 가치를 증명하고야 말겠다는 결심을 굳히게 했다. 가족에게도 반드시 인정받으리라 다짐하며, 그녀의 목표는 분명했다. 다른 것은 전혀 중요하지 않았다.

탁월한 지능과 불굴의 의지로, 그녀는 누구보다도 더 많은 시간과 노력을 쏟아부었다. 목표는 단순했다. 성공을 통해 인정받는 것. 마침내, 그녀는 이 나라 최초의 여성 최고 경영진이 되며 시대의 이정표를 세웠다. 세상은 그녀를 찬양했지만, 정작 그녀의 내면은 조금도 채워지지 않았다.

시간이 지나면서 그녀는 성공과 권력 속에서 명령과 지시로만 존재감을 드러내는 사람이 되었다. 이 태도는 그녀 곁의 사람들에게 고스란히 이어졌다. 간병인들 역시 예외는 아니었다. 그녀는 철저히 자신이 요구하는 기준을 맞추기를 원했다. 조금이라도 기대에 미치지 못하면 주저 없이 교체했다. 내가 그녀를 돌보기 시작할 무렵, 이미 많은 간병인이 그녀 곁을 떠난 상태였다.

로즈메리는 내가 은행에서 일한 경력이 있다는 이야기를 듣고 나를 마음에 들어 했다. 아마도 내가 꽤 믿을 만하고, 자신의 기대를 충족시킬 수 있는 사람일 거라고 생각했던 것 같다. 그녀의 이런 사고방식은 내 성향과는 결이 달랐지만, 굳이 반박하거나 해명할 필요는 없었다. 그녀가 자신만의 기준으로 판단한 것이라면 그것으로 충분했다. 이제 그녀는 팔십 대에 접어들었고, 삶의 마지막 장을 준비하고 있었다. 나는 그녀가 나를 책임 간병인으로 고집스럽게 선택한 이유를 이해하려 애썼다.

하루 중 가장 어려운 시간은 아침이었다. 그녀는 아침마다 유난히 까다롭게 굴었고, 요구도 많았으며 때로는 심술궂게 행동하기도 했다. 나는 이제 스스로의 자존감을 잘 지킬 수 있는 나름의 강인함을 가지고 있었기에 그녀의 까다로운 태도를 어느 정도 받아들일 수 있었다. 하지만 참는 데도 한계가 있었다. 그날, 그녀는 그 한계를 넘어서고 말았다. 그녀는 그 어느 때보다 심하게 심술을 부리더니 마침내 내게 상처가 될 만한 말까지 내뱉었다.

더는 참을 수 없었던 나는 단호하게 말했다.

"조금 더 친절하게 대해주지 않으면, 저는 여기를 떠날 거예요."

내 목소리는 흔들리지 않았고, 진심이 담겨 있었다. 그러자 그녀는 침대 가장자리에 앉아 나를 노려보며 거친 목소리로 외쳤다.

"그럼 가버려! 당장 나가!"

그녀가 내게 소리를 지르는 동안, 나는 가만히 그녀 곁에 앉아 있었다. 그녀의 분노에 맞서기보다는, 그녀의 마음이 가라앉기를 기다리며 곁을 지켰다. 그녀가 소리 지르는 것을 멈췄을 때, 방 안에는 깊은 침묵이 흘렀다. 우리는 한동안 말없이 서로를 바라보았다. 나는 부드럽게 웃으며 물었다. "이제 진정되셨어요?"

그녀는 씩씩거리며 짧게 대답했다. "일단은." 나는 말

없이 고개를 끄덕였다. 침묵은 여전히 우리를 감쌌지만, 그 속에는 긴장감 대신 묘한 평온함이 자리 잡고 있었다. 나는 부엌으로 가서 따뜻한 차를 준비해 다시 그녀 곁으로 돌아왔다.

로즈메리는 여전히 침대 가장자리에 앉아 있었다. 그녀는 더 이상 거칠지 않았고, 오히려 길을 잃고 불안해하는 작은 소녀처럼 보였다. 나는 그녀를 부축해 침대에서 일으켜 긴 안락의자로 데려갔다. 그녀의 무릎 위에 부드럽고 따뜻한 담요를 덮어주었다. 나는 그녀를 바라보며 테이블 옆에 앉아 함께 차를 마실 준비를 했다.

잠시 침묵이 흘렀다. 그러다 그녀는 조심스럽게 입을 열었다.

"두렵고 외로워. 제발 나를 떠나지 마. 당신이 곁에 있으면 마음이 놓여."

나는 그녀의 손을 가만히 잡으며 따뜻하게 답했다.

"저는 떠나지 않을 거예요. 이제 괜찮아요. 당신이 저를 존중해 주신다면, 저는 당신 곁에 있을 거예요."

"그러면 제발 여기 있어 줘. 당신이 있어 주면 좋겠어."

그녀는 마치 어린아이처럼 환하게 웃으며 말했다. 그녀

행복, 왜 나만 예외라고 생각했을까

의 말에 나는 고개를 끄덕이며 부드럽게 그녀의 뺨에 키스했다.

이때부터 우리는 서로의 마음을 조금씩 열어갔다. 그녀는 지난날의 삶과 숨겨왔던 이야기들을 들려주었고, 나는 그 이야기를 통해 그녀를 더 깊이 이해할 수 있었다. 왜 그녀가 사람들을 멀리했는지, 왜 차갑게 방어벽을 쌓아왔는지 모두 알게 되었다. 아이러니하게도 나 역시 오랫동안 비슷한 틀 안에 갇혀 살아왔기에, 그 벽을 허물면 삶이 얼마나 가벼워질 수 있는지 잘 알고 있었다. 나는 그녀에게 아직 늦지 않았다고, 마음을 열어 다른 사람들을 받아들여 보라고 부드럽게 조언했다. 로즈메리는 방법을 잘 모르겠지만, 시도해본다면 삶이 조금이라도 나아지길 바란다고 말했다.

그녀의 병은 느리게 진행되고 있었다. 하지만 한 걸음 한 걸음, 확실하게 온몸을 잠식하며 그녀를 무너뜨리고 있었다. 처음에는 그 변화가 너무 미미해서 거의 느껴지지 않았다. 그녀도 자신의 상태를 온전히 받아들이지 못하는 듯 보였다. 어쩌면 받아들이고 싶지 않았을 것이다.

그녀는 책을 쓰겠다며 필요한 물건을 준비해 달라고

부탁했고, 투자 포트폴리오를 정리하려는 계획까지 세웠다. 나는 그 계획들이 현실로 이루어질 가능성이 거의 없음을 직감했지만, 그녀의 의지를 꺾고 싶지 않았다. 그녀의 이야기를 묵묵히 들어주었고, 그녀가 내세운 계획들에 고개를 끄덕였다. 이전에도 나는 말기 환자들이 자신들의 미래를 계획하며 희망의 끈을 붙드는 모습을 본 적이 있었다. 하지만 시간이 흐를수록 그들은 점차 기력을 잃어갔고, 나는 그 과정이 반복되는 것을 지켜볼 수밖에 없었다.

가끔 그녀는 외출 약속을 잡아달라고 부탁하기도 했다. 내가 전화를 걸 때는 자신의 침실 전화기를 사용하게 했는데, 통화가 시작되면 옆에서 끼어들어 대화의 흐름을 좌지우지하려고 했다. 나는 그녀의 간섭을 받아들이며 약속을 조정했지만, 그녀의 행동에서 여전히 다른 사람들을 통제하려는 성향을 느끼곤 했다. 이에 크게 개의치 않고 나는 그녀를 위해 많은 일을 기꺼이 도왔지만, 이미 몇 번이나 찾아본 물건을 또다시 찾겠다며 내 시간을 잡아먹는 일은 정중히 거절했다.

시간이 흐르면서 그녀의 마음의 벽은 조금씩 허물어졌

행복, 왜 나만 예외라고 생각했을까

고, 우리 사이의 친밀감은 더욱 깊어졌다. 그녀의 친척들은 멀리 살았지만 정기적으로 전화를 걸어왔다. 친구들과 옛 지인들도 종종 그녀를 방문했다. 하지만 대부분의 시간은 고요했다. 우리는 그 조용한 시간 속에서 집에 딸린 아름다운 정원을 거닐며 하루를 보냈다.

어느 날 오후, 내가 침구를 정리하던 중이었다. 휠체어에 앉아 있던 그녀가 나를 바라보며 불쑥 말했다.

"도대체 뭐가 그렇게 좋아서 맨날 흥얼거려? 난 정말 듣기 싫어."

그녀의 말에 화가 나기보다는 안쓰러운 마음이 먼저 들었다. 벽장을 닫고 돌아서서 밝은 미소로 그녀를 바라보았다. 로즈메리는 말을 이었다.

"당신은 항상 행복해 보이잖아. 노래까지 흥얼거리면서. 난 당신도 가끔은 슬퍼했으면 좋겠어."

그녀가 이렇게 말하는 건 그리 놀랍지 않았다. 사실, 나도 항상 행복한 것은 아니었다. 하지만 내가 즐거워하는 모습을 볼 때 그녀는 자신의 슬픔이 더욱 도드라져 보였을 것이다.

나는 발레리나처럼 한 바퀴 빙그르르 돌며 도도한 표

정을 지어 보이고, 혀를 쏙 내밀었다. 그녀는 이런 내 장난을 좋아했다. 내가 방을 나갔다가 다시 돌아왔을 때, 그녀는 장난스러운 미소로 나를 맞아주었다. 내 농담을 받아들이며 마음이 풀렸다는 신호였다. 그 이후로 내가 흥얼거려도 그녀는 더는 그걸 문제 삼지 않았다.

며칠 후, 아침 식사를 하던 중 그녀가 불쑥 나를 뚫어져라 쳐다보며 물었다.

"당신은 왜 그렇게 행복해? 늘 그렇게 기분 좋을 이유가 뭔지 궁금해."

그녀의 질문은 나를 잠시 생각에 잠기게 했다. 로즈메리를 돌보는 동안 내 삶에도 많은 변화가 있었고, 그 질문은 내게도 깊은 울림으로 다가왔다.

"행복은 결국 선택인 것 같아요." 나는 조심스럽게 말을 꺼냈다. "누구나 매일 행복할 수는 없지만, 가능한 한 행복을 선택하려고 노력하는 거죠. 저도 당신처럼 힘든 시절을 보낸 적이 있어요. 물론 이유는 다르겠지만 정말 힘들었죠. 하지만 내가 겪었던 고통에만 매달리지 않고, 지금 이 순간 감사할 것들을 찾으려 했어요. 그래서 지금도 그렇게 살려고 해요."

행복, 왜 나만 예외라고 생각했을까

그녀는 내 말을 가만히 듣고 있었다.

"삶은 우리가 어디에 초점을 맞추느냐에 따라 달라지는 것 같아요. 저는 가능한 긍정적인 것에 집중하려고 해요. 당신을 알게 된 것, 내가 사랑하는 일을 하고 있는 것, 그리고 오늘도 이렇게 살아 숨 쉬고 있다는 그런 모든 순간에 감사해요."

그녀는 잔잔한 미소 지었다. 겉보기엔 그저 평범해 보일 수 있었지만, 내게는 그 미소가 달랐다. 그것은 그녀가 마침내 나를 진심으로 받아들였다는 고요한 신호처럼 느껴졌다.

❦

로즈메리에게 말하지 않은 비밀이 하나 있었다. 나 역시 내 병과 싸우고 있었다. 얼마 전 작은 수술을 받았고, 전문의는 나를 불러 악성이 의심되니 더 큰 수술이 필요하다고 말했다. 나는 그에게 생각해보겠다고만 대답한 상태였다.

"이건 반드시 해야 할 수술이고, 그렇지 않으면 1년 안에 죽을 수도 있어요."

수술은 선택이 아니라 필수라며 의사는 단호히 말했다. 하지만 나는 또다시 그에게 생각해보겠다고 대답했다. 내게는 이미 내 몸을 통해 배운 교훈이 있었다. 우리 몸은 과거의 기억을 고스란히 저장하는 곳이기에, 이런 일이 그리 놀라운 일은 아니었다.

우리가 느끼는 고통과 기쁨은 결국 몸으로 드러나기 마련이다. 나는 과거에 감정적인 상처를 치유하며 작은 질병에서 벗어난 경험이 여러 번 있었다. 그래서 이번에도 내 안에 있는 치유의 힘이 나를 구해줄 것이라 믿고 싶었다. 믿음은 때로 치유의 첫걸음이다. 그렇게 믿으며 이번 병을 마주하기로 했다.

그렇지만 두려움이 아예 없었다고 하면 거짓말일 것이다. 병에 대한 공포는 컸고, 그 두려움을 누구에게도 쉽게 털어놓을 수 없었다. 오직 한두 사람에게만 조심스럽게 내 상황을 공유했다. 그들이 나를 걱정하는 마음은 고마웠지만, 지금 내게 필요한 것은 걱정이 아니라 평온이었다. 치유의 여정은 혼자만의 싸움이었고, 다른 사람의 불안과 두려움은 거기 설 자리가 없었다.

스스로를 치유하기 위해 가장 먼저 해야 했던 것은 모든 것을 통제하려는 집착을 내려놓는 일이었다. 감정을 억누르지 않고, 용기 있게 있는 그대로 마주해야 했다. 하지만 그것이 한동안 나를 더 깊은 어둠으로 밀어 넣을 수도 있다는 사실도 각오해야 했다. 실제로 오래전에 묻어둔 상처들이 다시 떠올라 나를 괴롭혔다.

처음에는 모든 것이 버거웠다. 감정적인 고통은 생각보다 깊었고, 결국 죽음을 떠올리기에 이르렀다. 차라리 이 병이 나를 다른 세상으로 데려가 준다면 어떨까 하는 마음도 들었다. 그때 나는 내 인생 전체를 되돌아보았다. 그렇게 많은 노력을 했음에도, 이 병이 나를 늙기도 전에 끝으로 데려갈지도 모른다는 생각이 머릿속을 스쳤다. 하지만 그 생각을 인정하고 받아들이는 순간, 마음속 깊은 곳에서 놀라운 평화가 찾아왔다. 마치 오랫동안 잊고 지냈던 친구를 다시 만난 기분이었다. 나는 생각했다. 이미 충분히 잘 살아왔다고. 여기까지 온 것만으로도 잘했다고. 모든 것이 분명해지자, 죽음에 대한 두려움도 스르르 녹아내렸다. 죽음도 이제는 두려운 적이 아니라, 받아들일 수 있는 존재로 다가왔다.

나는 명상을 지속하며 마음속에 자리 잡은 평화를 음미했다. 동시에 치유에 관한 책을 읽으며 내 몸이 회복되는 모습을 시각화하는 훈련을 시작했다. 내 안에 억눌려 있던 감정들이 자연스럽게 흘러나오도록 애쓰면서, 내면 깊은 곳에서 서서히 변화가 일어나는 것을 느꼈다. 마침내 가장 어둡던 시기를 지나왔다는 확신이 들었고, 이제는 건강을 되찾는 길에 접어들었다는 희망이 나를 감쌌다.

그 무렵 나에게 작은 기회가 찾아왔다. 교외의 부유한 지역에 있는 작은 집을 돌보는 일이었다. 그 집은 덩굴로 뒤덮여 높은 울타리 안에 숨겨져 있었고, 외부에서는 거의 눈에 띄지 않았다. 참으로 사랑스러운 집이었다. 집 안에는 거대한 욕조가 있었는데, 따뜻한 물에 몸을 담그는 것은 내 삶에서 가장 큰 낙이었다. 나는 그곳에서 주스만 마시며 단식을 통해 몸 안의 독소를 배출하기로 했다. 흔히 주스 다이어트라 불리는 이 방법은 전에도 내게 꽤 큰 효과를 준 적이 있었다. 그와 동시에 나는 침묵 명상을 하며 내 마음과 몸을 정화하기로 했다.

내 몸은 언제나 내 감정 상태를 정확히 드러내 주는 정직한 지표였다. 시간이 흐르면서 내 몸은 점점 더 명확

행복, 왜 나만 예외라고 생각했을까

하고 정직한 의사소통 채널이 되었고, 나는 몸이 보내는 신호에 귀를 기울이며 최선을 다해 건강을 지키려고 노력했다.

종종 내가 돌본 환자들이나 친구들 역시, 몸에 뭔가 이상이 있음을 오래전부터 느꼈다고 털어놓곤 했다. 그리고 나는 그들이 겪는 과정을 통해, 한 번 건강을 잃으면 삶의 질이 얼마나 심각하게 떨어지는지 자주 목격했다. 이런 경험들 덕분에 내 몸에서 조금이라도 신호가 오면 가능한 한 빨리 대처해야 한다는 사실을 배웠다. 건강은 한 번 사라지면 놀랍도록 쉽게, 그리고 종종 영원히 돌아오지 않는다는 것을 알게 된 것이다.

그 집에 머무르며 나는 여러 명상 기법들을 실천하기 시작했다. 그중 하나는 당시 구입한 책에서 얻은 가르침을 바탕으로 한 것이었다. 하지만 치유의 길은 결코 단순하지 않았다. 그 과정은 수많은 단계와 노력이 필요했다. 책은 우리 몸을 구성하는 세포들이 스스로를 치유할 수 있는 능력을 지니고 있다고 설명하고 있었다. 이 세포들이 내 병을 극복할 수 있도록, 명상을 통해 에너지를 세포 하나하나에 스며들게 하는 것이 중요하다는 내용이었다.

그래서 나는 매일 아침 명상용 쿠션 위에 앉아 내면의 가장 평화로운 곳으로 천천히 마음을 이끌었다. 병이 사라지는 모습을 머릿속에 그리며, "내 몸 어딘가에 병이 있다면, 제발 그것을 없앨 수 있도록 도와줘."라고 내 몸의 세포들에게 속삭였다.

며칠 동안 명상에 몰두하던 어느 날, 갑작스러운 메스꺼움이 밀려왔다. 참을 수 없는 느낌에 서둘러 화장실로 달려가 구토를 하기 시작했다. 마치 내 몸 깊숙이 쌓여 있던 오물을 모두 쏟아내는 듯한 해방감과 고통이 동시에 몰려왔다. 온몸이 탈진한 채 나는 화장실 바닥에 주저앉아 욕조에 기대어 있었다. 또다시 구토 신호가 오지 않을까 싶어 멍하니 기다렸다. 예상대로 신호는 다시 찾아왔고, 이번에는 훨씬 격렬한 구토가 이어졌다. 그리고 마침내 내 몸은 완전히 비워진 듯했고, 모든 증상이 잦아들었다.

지친 몸을 이끌고 나는 욕조를 짚으며 간신히 일어섰다. 구토로 인해 배가 당기고 몸은 무거웠지만, 명상을 하던 방으로 향했다. 방으로 걸어가면서, 내 정신이 마치 새로운 단계에 도달한 것 같은 기분이 들었다. 부드러운 카펫 위에 몸을 웅크리고 담요를 덮은 채 누웠다. 그리고 깊고도 평화로운 잠에 빠져들었다. 그날 나는 여섯 시간이나 꼼짝없이 잠들었다. 그 시간 동안 나의 몸과 마음은 재정비의 시간을 가졌다.

늦은 오후, 지는 햇살이 방 안 깊숙이 스며들었다. 저녁으로 갈수록 차가워지는 공기가 나를 부드럽게 깨웠다. 마치 새로운 인생을 선물 받은 듯한 느낌이었다. 나는 길고 고된 치유의 여정을 견딘 내 용기와 그 힘을 믿고 따라준 내 몸에 감사하며 기도를 올렸다. 가슴 깊은 곳에서 벅찬 기쁨이 밀려왔다.

단식을 끝내기로 결심하고, 부드러운 저녁 식사를 준비했다. 식탁에 앉아 천천히 음식을 음미하며 지나온 시간을 되돌아보았다. 식사 후 약간의 두통이 느껴졌지만, 모든 과정이 마침표를 찍은 듯했다. 그날 이후 내 몸은 완전히 치유되었고, 어떤 증상도 다시 나타나지 않았다.

나는 누구나 각자에게 맞는 치유의 방법이 있다고 믿는다. 그것이 외과수술이든 자연치료 요법이든, 혹은 동양 전통 의학이든, 자신에게 가장 잘 맞는 방법은 자신만이 알 수 있다. 나 역시 내게 가장 잘 맞는 방법을 선택했고, 그 힘겨운 과정을 극복하기 위해 내가 가진 모든 지식과 경험을 총동원해야 했다.

그러나 내가 돌보는 말기 환자들에게는 이 이야기를 전하지 않았다. 내가 선택한 방법들은 내 인생 전반에 걸쳐 쌓아온 경험과 40년간의 준비를 통해 만들어진 것이었다. 게다가 그 몇 달 동안 나는 오로지 치유에만 집중하며 모든 것을 걸었다. 이러한 방법을 그들에게 이야기하는 것은 자칫 거짓된 희망을 줄 수도 있다고 생각했다. 무엇보다, 내가 만난 환자들은 이미 인생의 끝자락에 너무 가까이 와 있었다.

이 여정을 통해 깨달은 것은 인생은 무엇보다 소중한 선물이라는 것이다. 그 후로 나는 행복을 선택하며 살아가기로 했다. 물론 그 선택이 언제나 쉬운 것은 아니었다. 때로는 무겁고 힘겨운 날들이 찾아왔고, 시련이 두렵지 않았던 것도 아니다. 하지만 그 두려움 속에서도 나는 믿음을 놓지 않았다. 지금의 고통이 언젠가 나를 더 단단하게 만들고, 마침내 깊은 평화로 나를 안내할 것이라는 믿음. 그래서 나는 비록 넘어질지라도, 다시 일어나

한 걸음씩 앞으로 나아가기로 마음먹었다.

로즈메리는 자신도 행복해지고 싶지만, 그 방법을 모르겠다고 털어놓았다.

"글쎄요, 그냥 행복한 척 한번 해보세요. 딱 30분만요. 억지로라도 웃다 보면 몸이 먼저 반응할 수도 있어요. 몸이 웃으면 마음도 따라오거든요. 그러니 30분 동안은 부정적인 말은 절대 하지 말고, 얼굴을 찡그리지도 말고, 불평도 잠시 내려놓아 보세요. 대신 좋은 것들을 떠올리고, 정원의 꽃들이 얼마나 아름다운지 바라보세요. 중요한 건 웃는 거예요."

나는 내 방식대로 행복을 찾고 싶을 때 사용하는 방법을 그녀에게 알려주었다. 그리고 덧붙였다.

"당신이 행복한 사람이 되겠다고 선택하면, 그 선택 자체로 행복을 느낄 수 있을 거예요. 당신은 충분히 그럴 수 있는 분이에요. 그리고 가끔은 행복도 의식적인 노력이 필요하답니다."

그러자 그녀는 한숨을 쉬며 고백했다.

"하지만 내가 행복해질 자격이 있는지 모르겠어. 난 집안의 기대를 저버린 이혼녀잖아. 어떻게 내가 행복할 수 있겠어?"

그녀가 진심으로 자신이 행복을 누릴 자격이 없다고 생각한다는 사실이 너무도 가슴 아팠다.

"스스로에게 행복을 허락해주세요. 당신은 아주 멋지고 아름다운 분이에요. 충분히 행복을 누릴 자격이 있어요. 그러니 자신에게 조금 더 너그러워지세요."

나는 그녀를 가로막고 있는 것이 무엇인지 잘 알고 있었다. 나 역시 과거에 그런 방해물들에 걸려 넘어졌던 경험이 있었다. 그래서 덧붙여 말을 이었다.

"가족의 기대나 세상의 편견이 당신의 행복을 가로막을 수도 있어요. 하지만 그건 당신이 그 벽을 세우도록 허락할 때만 가능한 일이에요."

자칫 무거울 수 있는 이야기를 나누면서도 나는 가벼운 농담을 섞어 대화를 이어가려고 노력했다. 덕분에 우리 대화에는 웃음이 오갔고, 따뜻한 분위기가 자연스럽게 흘렀다.

행복, 왜 나만 예외라고 생각했을까

비록 처음에는 주저했지만, 로즈메리는 조금씩 받아들이기 시작했다. 날마다 마음의 벽이 조금씩 허물어졌고, 가끔은 참지 못하고 큰 소리로 웃음을 터뜨리기도 했다. 물론 예전의 습관이 드러나는 순간도 있었다. 그럴 때면 그녀는 여전히 내게 무례하게 간섭하거나 명령을 내리곤 했다. 하지만 그런 순간에도 나는 웃으며 "제 생각은 다른데요."라고 부드럽게 대답했다. 그러면 그녀는 예전처럼 화를 내지 않고 오히려 나와 함께 웃었다. 그녀의 말투도 점차 더 친절하고 부드럽게 요청하는 방식으로 변했다. 나는 그녀가 부탁하는 대부분의 일을 즐겁게 도와주었다.

로즈메리의 몸은 날이 갈수록 더 쇠약해져 갔다. 침대에서 일어나 있는 시간도 점점 줄어들어 이제는 씻는 것조차 침대에서 해결해야 하는 상황이 되었다.

내가 침실 밖에 있을 때면 그녀는 종종 나를 불러 말동무가 되어달라고 했다. 로즈메리의 방에는 이제 두 개의 침대가 있었다. 하나는 예전부터 쓰던 침대였고, 높낮이를 조절할 수 있는 병원용 침대를 새로 하나 들여왔다. 그녀는 앉아 있는 것조차 힘겨워했기에 이런 침대가 필요했다. 내가 그녀와 시간을 보낼 때는 주로 예전 침대에 눕곤 했다. 로즈메리가 옆으로 누워 이야기하기에 편했고, 나 역시 그 자세가 편안했다.

우리는 점차 오후에 낮잠을 함께 자는 습관이 들었다. 그녀가 잠든 동안 집 안은 고요하기 그지없었다. 그녀가 부르면 언제든 응하려고 곁에 머무르다 보면 나도 어느새 깊은 잠에 빠지곤 했다. 낮잠에서 깨어나면 우리는 꾼 꿈에 관해 이야기를 나누었다. 그 대화는 내가 다시 다른 일을 해야 할 때까지 이어졌고, 그런 시간은 우리 둘 모두에게 아주 특별하고 평화로운 순간이었다.

어느 날 오후, 우리가 침대에 나란히 누워있을 때였다. 그녀가 문득 물었다.

"죽는다는 건 어떤 걸까? 다른 사람들은 어떻게 죽어가?"

이런 질문은 이전에도 다른 환자들에게서 들은 적이 있었다. 마치 임산부가 다른 엄마들에게 출산 경험을 묻는 것과 비슷했다. 하지만 이미 죽음을 경험한 사람들에게는 그 답을 물을 수 없다는 점이 달랐다. 결국 죽음을 설명해줄 수 있는 사람은 아무도 이 세상에 남아 있지 않다. 그래서 말기 환자들은 종종 내가 돌봤던 다른 환자들의 죽음에 대해 알고 싶어 했다.

현대 사회에서 죽음은 외면받는 주제일지 모른다. 하지만 죽음을 앞둔 사람에게 감정과 영혼의 문제는 신체적인 치료만큼이나 중요하다. 만약 그들이 자신의 감정과 영혼을 돌아볼 기회를 얻지 못하면, 가슴속에는 수많은 의문과 후회가 남는다. 죽음을 준비하며 자신의 내면을 들여다보는 일은 두렵고 고된 여정이다. 그러나 그것이야말로 죽음과 화해하고 평화를 찾는 길이 된다. 죽음을 두려워하며 괴로운 시간을 보내는 대신, 삶의 마지막 순간을 평화롭게 정리할 수 있다.

로즈메리에게도 이제 그런 시간이 찾아왔다. 그녀는 다가오는 죽음을 거부할 수 없게 되었다. 가끔은 혼자 있고 싶다며 "생각할 것이 많아."라는 말을 남기곤 했다. 어느 이른 저녁, 내가 방에 들어갔을 때 그녀가 말했다.

"내가 나를 더 사랑했어야 했어. 생각해보면 참 불쌍하게 살아왔더라. 늘 행복할 자격이 없다고 믿었으니까. 그런데 오늘 아침 당신과 웃으면서 깨달았어. 행복하다고 해서 죄책감을 가질 필요는 없더라고."

나는 그녀의 침대 곁에 앉아 그 말을 조용히 들었다. 그녀는 눈을 감고 다시 말을 이어갔다.

"행복은 정말 선택의 문제였던 거야. 우리가 행복할 자격이 없다고 스스로 믿었거나, 다른 사람의 잣대에 얽매여 행복을 스스로 포기했던 거지. 근데 그게 진짜 우리의 모습은 아니었어. 누구나 행복해질 자격이 있었는데, 왜 그걸 진작 깨닫지 못했을까? 그토록 오랜 시간을 헛되이 썼을까...... 정말 시간 낭비였어."

"저도 한때는 제가 행복할 자격이 없다고 생각했어요." 나는 그녀의 깨달음에 미소 지으며 말을 이었다. "하지만 어느 날, 그런 생각이 틀렸다는 걸 인정하기로 했죠. 스스로에게 조금 더 너그러워지고 따뜻하게 대해주자고 다짐했어요. 그 순간부터, 행복이 천천히 내 삶에 스며들기 시작했어요."

로즈메리는 내 말을 듣고 조용히 미소 지으며 고개를 끄덕였다. 그 미소는 평온하고 깊었다. 마치 그녀 자신이 지금 행복하다는 사실을 처음으로 진심으로 받아들이는 듯했다.

"이제야 나 자신을 좋아하기 시작했어, 브로니. 특히

행복, 왜 나만 예외라고 생각했을까

이런 밝은 모습 말이야."

"저도 당신의 밝은 모습이 정말 좋아요."

그녀는 장난스럽게 웃음을 터뜨리며 말했다.

"내가 얼마나 까칠했는지 알지? 처음 몇 주 동안 말이야."

우리는 함께했던 초반의 날들을 떠올리며 서로 한참 동안 웃었다.

물론 우리 사이에 항상 웃음만 있었던 것은 아니다. 때로는 슬프고 예민한 순간들도 함께 지나왔다. 그녀가 앞으로 마주해야 할 현실을 알기에, 손을 꼭 잡고 함께 울던 날도 있었다. 하지만 분명한 건, 로즈메리는 인생의 마지막 몇 달 동안 진짜 행복을 느꼈다는 것이다. 행복할 때 지었던 그녀의 환한 미소는 여전히 내 기억 한켠에 자리 잡고 있다.

그녀의 마지막 날, 오후가 되자 폐렴이 악화하였다. 목은 가래로 막히고 점점 숨쉬기가 어려워졌다. 사랑하는 친구들과 친척들이 하나둘 그녀의 곁으로 모였다. 그 마지막 순간은 완벽히 평온하지는 않았지만, 고통의 시간은 길지 않았다. 그렇게 그녀는 눈을 감고 세상을 떠났다.

그날 오후, 보건소에서 간호사가 방문하기로 되어 있었다. 그녀가 도착한 건 로즈메리가 세상을 떠난 지 겨우 10분쯤 되었을 때였다. 친구들과 친척들은 부엌에서 낮은 목소리로 이야기를 나누고 있었다. 간호사와 나는 로즈메리를 정성스럽게 씻기고 깨끗한 잠옷으로 갈아입혔다. 생전 로즈메리를 만나본 적이 없던 간호사가 그녀의 몸을 정성스럽게 돌보며 내게 물었다.

"어떤 분이셨나요?"

나는 침대에 누운 그녀의 평온한 얼굴을 한참 바라보았다. 가슴 깊은 곳에서 잔잔한 감정이 피어올랐다. 자연스레 미소가 떠올랐다. 그녀와 나란히 누워 이야기하던 따스한 오후들, 장난치며 웃던 순간들, 가끔 까칠하게 명령을 내리던 모습까지 모든 기억이 선명하게 스쳤다.

"정말 행복한 분이었어요." 진심을 담아 대답했다.

"네, 그녀는 행복해 보이네요." 간호사가 고개를 끄덕이며 말했다.

그 순간 다시금 깨달았다. 행복은 삶의 조건이나 환경이 아니라, 우리가 선택하고 받아들이는 용기라는 것을. 그녀의 긴 여정이 이제 끝난 지금, 나도 내 삶을 조금 더

담대하고 따뜻하게 껴안아야겠다는 다짐이 마음속 깊이
자리 잡았다. 그리고 조용히 속삭였다.

"안녕히 가세요, 로즈메리. 당신은 정말 잘 해내셨어요."

삶은 항상

너무 빨리 지나간다

캐스는 내가 만난 환자들 중 가장 심오한 통찰과 철학적인 시각을 가진 사람이었다. 그녀가 들려주는 삶의 이야기는 단순한 경험담을 넘어서는 깊이를 지니고 있었다. 51년 동안 그녀는 태어난 집에서 평생을 살았다.

"우리 엄마도 이 집에서 태어나셨고, 이곳에서 세상을 떠나셨어요. 나도 아마 그렇게 될 거예요."

캐스는 담담하면서도 단호하게, 마치 정해진 결말을 이미 알고 있는 사람처럼 말했다.

캐스는 목욕을 사랑했다. 따뜻한 물속에 몸을 담그고

나와 이야기를 나누던 순간은 우리 사이를 가장 가깝게 이어주는 시간이기도 했다. 나 역시 목욕을 좋아했기에 그녀의 작은 행복을 온전히 이해할 수 있었다. 그래서 가능한 한 오래도록 그녀가 욕조를 사용할 수 있도록 돕고 싶었지만, 시간이 지나면서 그녀의 몸은 그 소소한 사치를 더는 허락하지 않았다. 이제 욕조는 그녀에게 위험한 장소가 되고 말았다.

마지막으로 욕조에 몸을 담그던 날, 그녀는 울음을 터뜨렸다. 그리고 그 울음은 곧 깊은 통곡으로 이어졌다.

"이제 모든 게 나를 떠나가고 있어요. 이번엔 목욕이네요. 다음은 걷는 것, 그다음엔 일어나는 것, 결국에는 내가...... 사라질 거예요."

욕조의 뜨거운 물 위로 떨어지는 눈물은 그녀의 슬픔이 얼마나 깊은지 고스란히 보여주었다. 떠나보낸 것들과 떠나보낼 것들, 그리고 마침내 자기 자신마저도 놓아야 하는 운명을 생각하며 그녀는 울었다.

나는 그저 그녀 곁에 앉아 있었다. 그녀가 울고 있을 때 굳이 무언가를 말해야 할 필요는 없었다. 슬픔이 흐르도록, 고통이 해방되도록 그대로 내버려 두는 것이 내가 할 수 있는 최선이었다.

혼자만의 시간을 주려 잠시 자리를 피하려 했지만, 그녀는 고개를 저으며 곁에 있어 달라고 말했다. 나는 그녀의 곁에 남아 그녀가 울음 속에서 조금이라도 가벼워지길 바랐다. 목욕물이 식어갈 즈음, 내가 조심스럽게 물었다.

"물을 더 채워드릴까요?"

"괜찮아요. 이제 됐어요." 그녀는 고개를 저었다.

담담한 목소리로 말하며 욕조에서 나오게 해달라고 했다. 나는 그녀를 부축해 조심스레 휠체어에 태웠다. 담청색 가운을 걸치고 빨간 슬리퍼를 신은 그녀의 얼굴에는 어느새 잔잔한 평온이 깃들어 있었다.

"저 새소리를 들어보세요."

그녀는 마치 오랜만에 소중한 것을 발견한 사람처럼 말했다. 우리는 나란히 앉아 새소리를 들었다. 그녀의 표정이 부드럽게 풀렸다.

"이제야 알겠어요. 매일이 선물처럼 느껴져요. 늙고 병들고 나서야 비로소 삶의 진짜 아름다움을 깨닫게 되네요. 아이러니하지 않아요, 브로니?"

그녀의 말에 가슴이 저렸다.

"우리는 늘 더 많은 걸 얻으려고 하지만, 정작 그 많은 것들이 필요하지 않더라고요. 삶은 내가 가진 것에 감사할 때 진정으로 풍요로워지는 법이에요." 그리고 그녀는 나지막이 덧붙였다. "지금, 이 순간이 전부예요. 우리가 가진 모든 것이 여기 있잖아요."

그녀의 목소리는 바람처럼 잔잔했지만, 그 울림은 깊고 넓었다.

지난 이십 년간, 나는 매일 감사 일기를 써왔다. 하루를 마무리하며, 그날 감사할 만한 몇 가지를 적는 일이 내게는 소중한 습관이 되었다. 대부분 날에는 감사할 일이 많았지만, 힘든 날에는 단 하나의 감사 거리라도 찾아내기 위해 애써야 했다. 그런 날에는 작은 것들조차도 축복으로 삼았다. 깨끗한 물 한 잔, 잠을 잘 수 있는 공간, 배부르게 먹은 한 끼, 창밖에서 들려오는 새소리, 누군가의 사소한 배려. 그 사소함이 내 삶을 붙잡아 주곤 했다.

물론 매일 감사 일기를 쓰는 일은 연습이 필요했다. 특히 상황이 복잡하거나 어려울 때는 더욱 그랬다. 그래서 일기를 다 쓰지 못할 때는 순간순간 찾아오는 작은 선물들에 속으로 감사 기도를 드리는 습관을 들였다. 피부를 스치는 산들바람처럼 자연이 주는 축복에는 언제나 깊은 감사를 느꼈다. 산들바람이 내 얼굴에 닿을 때면, 바람을 느낄 만큼 건강하다는 사실에도 감사했다. 이렇게 나는 조금씩 매사에 감사할 수 있는 사람이 되어갔다.

그런데 시간이 지나면서 감사 일기보다 더 효과적인 방법이 있다는 걸 깨달았다. 그건 바로 '지금 이 순간'을 충실히 살아가는 일이었다.

"당신은 늘 감사하며 살려고 노력했으니, 많은 축복을 받았겠네요?" 캐스가 물었다.

나는 미소를 지으며 대답했다. "축복은 우리가 모든 걸 통제하려는 마음을 내려놓을 때, 그리고 스스로의 가치를 잊지 않을 때 더 쉽게 찾아오는 것 같아요. 저도 많은 축복을 경험했어요. 하지만 때로는 고집하던 길을 포기하고 새로운 시각으로 바라보아야 비로소 그 축복들이 보일 때도 있었죠."

내 말에 캐스는 고개를 끄덕이며 웃었다.

"그래요. 축복은 언제나 우리를 향해 오고 있죠. 다만 우리가 마음을 닫고 있으면, 그 축복은 들어올 자리를 찾지 못해 머뭇거리는 것 같아요. 저도 예전엔 그랬어요. 그런데 다행히, 이 병에 걸리기 전에 그 사실을 깨닫게 됐죠."

그녀의 말은 단순했지만, 그 안에 담긴 깊은 통찰은 나를 다시 한번 일깨웠다. 따스한 햇볕이 온몸을 감싸고, 새소리가 조용히 공간을 채우던 그 시간은 마치 삶이 잠시 멈춘 듯 고요하고 평화로웠다. 그녀의 한마디 한마디가 물결처럼 내 마음속으로 번졌다. 오래도록 잊히지 않을 울림이었다.

점심이 가까워져 오자, 캐스는 익힌 과일과 부드러운 아이스크림으로 간단히 식사를 마쳤다. 그것이 그녀가 먹을 수 있는 유일한 음식이었다. 씹기는 커녕 이제 맛도 느껴지지 않는다는 말에 나는 잠시 먹먹해졌다. 식사를 마친 뒤, 나는 그녀를 침대에 눕히고 편안한 자세를 잡아주었다. 커튼을 살짝 닫아 은은한 어둠을 만들어주고는 조용히 방을 나왔다. 요즘 그녀는 진통제 덕분에 고통에서 조금은 자유로워졌지만, 그만큼 더 쉽게 지치곤 했다. 얼마 지나지 않아, 그녀는 깊고 평온한 잠에 빠져들었다.

초저녁 무렵, 캐스의 오랜 친구가 그녀를 찾아왔다. 그들은 10년 전 사소한 일로 멀어졌지만, 여전히 마음 깊이 서로를 아끼는 사이였다. 오랜 감정의 골은 사라지고, 따뜻한 우정만이 남아 있었다.

캐스는 방문객이 많았다. 그녀의 오빠와 그의 아내, 조카들, 그리고 남동생이 주기적으로 그녀를 찾아왔다. 매일같이 들르는 이웃들도 있었고, 친구들과 옛 동료들도 종종 방문했다. 그들은 그녀를 사랑했고, 그녀가 얼마나 주변 사람들에게 좋은 영향을 주었는지 이야기하곤 했다.

캐스는 바깥세상에서 들려오는 작은 소식들을 무척 기다렸다. 병으로 인해 더는 바깥을 자유롭게 다닐 수 없었기에, 그녀에게 이런 이야기들은 세상과의 연결고리가 되어주었다. 죽음을 앞둔 사람들에게는 바깥세상의 소식이 종종 큰 위안이 되곤 했는데, 그녀에게도 마찬가지였다.

하지만 친구들과 친척들 입장에서는 그녀와의 만남이 쉽지만은 않았다. 그들은 캐스의 곁에 있는 동안 최대한 긍정적이고 밝게 보이려 애썼다. 다만, 그런 마음을 유지

삶은 항상 너무 빨리 지나간다

하는 것은 힘든 일이었다.

"그녀를 보러 갈 때마다 강하고 밝은 모습을 보여주려고 노력하지만, 집으로 돌아갈 땐 가슴이 미어지게 울게 돼요." 친구 수는 내게 솔직히 털어놓았다.

나는 조심스럽게 캐스에게 그 이야기를 전했다.

"나도 어느 정도는 그 사실을 알고 있었어요." 그녀는 잠시 침묵하다가 인정했다. "하지만 내가 그들의 슬픔을 달래줄 수 있을지 자신이 없었어요. 내 슬픔을 견디는 것조차 벅차거든요."

"굳이 모든 걸 견디려고 하지 않아도 괜찮아요." 나는 부드럽게 말했다. "그냥 그들이 감정을 솔직히 표현할 수 있도록 내버려 두세요. 울고 싶어 하면 울게 두고, 그들이 당신을 얼마나 사랑하는지 마음껏 표현할 수 있도록요. 당신이 그걸 받아들이는 것만으로도 그들에게는 위로가 될 거예요."

캐스는 내 말을 듣고 고개를 끄덕이며 답했다.

"내가 그들의 감정을 받아들이지 못했다는 걸 몰랐어요. 하지만 이제는 그들도 마음껏 울 수 있게 해줄게요. 감정을 나누는 것이 오히려 치유가 될 수도 있겠네요."

그날 이후, 그녀와 방문객들 사이에는 눈물과 웃음이 오갔다. 눈물은 가슴 아팠지만, 동시에 치유였다. 서로를 향한 사랑은 가식 없는 눈물 속에서 더 진하게 피어났다.

어느 날 아침, 화장실에서 그녀가 무심히 말했다.

"이제 정말 죽어가고 있는 것 같아요."

그 말은 마치 일과를 말하듯 담담한 목소리였다. 나는 그녀를 침대로 부축하며 그 말이 담고 있는 무게를 가늠해 보았다. 그녀의 몸은 눈에 띄게 쇠약해져 있었다. 그리고 모든 신호가 그녀의 삶이 마지막 단계에 접어들었음을 가리키고 있었다.

침대에 눕자마자 캐스는 말을 이어갔다.

"나는 내가 살아온 삶에 후회는 없어요. 왜냐하면 그 안에서 많은 것을 배웠으니까요. 하지만 다시 기회가 주어진다면, 더 많은 행복을 놓치지 않고 받아들일 거예요."

그녀의 말을 듣는 순간, 혼란스러웠다. 캐스는 내가 아는 한 가장 긍정적이고 행복해 보이는 사람이었다. 그런데도 더 많은 행복을 받아들이지 못했다니, 무슨 뜻일까?

캐스는 천천히, 그러나 확신에 찬 목소리로 말했다.

삶은 항상 너무 빨리 지나간다

"나는 내 일을 정말 사랑했어요. 그리고 그 일의 결과에 집착했죠. 문제 청소년을 돕는 프로젝트에 온 열정을 쏟으며 더 나은 세상을 만드는 게 내 목표였어요. 우린 모두 세상에 이바지할 재능을 가지고 있잖아요. 하지만 나는 결과를 쫓느라 정작 그 과정에서 오는 소소한 행복은 놓쳐버린 것 같아요."

나는 그녀의 이야기에 자연스럽게 고개를 끄덕였다. 그녀의 말이 가슴 깊숙이 와닿았다. 나 역시 무언가를 이루기 위해 앞만 보고 달리다가 중요한 순간들을 놓쳐버린 적이 많았기 때문이다.

"결국 내가 원했던 건 행복이었어요. 그런데 행복해지기 위해 목표만 보고 달리다 보니 정작 그 행복을 누리지 못했던 거죠. 돌아보니, 그게 가장 아쉽네요." 캐스가 덧붙였다.

그녀의 깨달음은 우리 모두가 빠지기 쉬운 함정이었다. 캐스는 깊은 숨을 내쉬고 나직이 말을 이었다.

"물론 목표를 세우고 세상에 기여하는 건 중요해요. 하지만 결과에만 집착하는 건 옳지 않았어요. 진짜 중요한 건 우리가 지금 살아 있는 이 순간이에요. 매일매일의 작은 행복을 인정하고 누릴 줄 알아야 해요. 결과를 얻은 후에, 은퇴한 후에, 혹은 무언가를 이뤘을 때만 행복해지려고 한다면 결국 끝없이 미뤄질 뿐이에요. 행복은 바로 지금, 우리가 걸어가는 이 순간에 있어요."

그녀의 말에 또다시 고개를 끄덕이며 담요를 살짝 여미어 주었다. 그녀의 눈꺼풀이 점점 무거워지는 게 느껴졌다. 긴 대화로 지친 듯한 그녀를 위해 차를 준비하기로 마음먹고, 정원으로 나가 신선한 레몬그라스를 몇 줄기 땄다. 잎사귀를 만지며 그녀의 말이 계속 머릿속에 맴돌았다.

그 깨달음은 단지 캐스만의 이야기가 아니었다. 내가 돌봐온 다른 환자들도 삶의 끝자락에서 비슷한 후회를 털어놓곤 했다. 목표를 향해 숨 가쁘게 달려왔지만, 정작 중요한 것은 놓치고 말았다고.

주전자에 레몬그라스를 넣고 물을 끓이자 향긋한 향기가 부엌에 은은히 퍼졌다. 창밖에서는 새소리가 들려왔다. 나는 문득 깨달았다. 자연스럽게 지금, 이 순간의 행복에 감사하고 있었다.

차를 가져다주자, 캐스가 내게 물었다. "브로니, 요즘 어디에 살아요?"

나는 웃으며 대답했다. "그 질문이 친구들이 저한테 가장 자주 하는 말이에요. 이제는 '정착했어?'가 아니라 '요즘 어디서 지내?'가 더 익숙하죠." 그리고 그녀에게 떠돌아다니며 살아온 지난 삶에 관해 이야기를 들려주었다.

나는 여러 집을 봐주며 떠도는 삶을 살아왔지만, 최근 몇 년 동안 나 자신도 모르게 이 삶에 지치기 시작했었다. 계속 이사를 다니고, 다음 거처를 고민하고, 떠나는 과정이 점점 버겁게 느껴졌다.

멜버른으로 옮긴 뒤, 나는 지인의 집에서 작은 방 하나를 빌려 지냈다. 이사를 반복하지 않아도 된다는 점은 감사했지만, 그곳 역시 '남의 집'이라는 사실은 변함이 없었다.

"나만의 부엌을 가져본 지 벌써 10년이 다 되어가요." 나는 웃으며 말했다. "요즘은 다시 나만의 공간을 갖고 싶다는 생각이 들어요. 떠도는 것도 좋지만, 이제는 떠나도 돌아올 곳이 있는 삶을 살고 싶어요."

캐스는 내 말을 듣고 따뜻한 미소를 지었다.

"브로니, 당신은 인류의 균형을 맞추는 데 큰 역할을

했어요. 나처럼 반세기 동안 같은 집에서 사는 사람이 있는가 하면, 당신처럼 자유롭게 떠도는 사람도 있어야 하잖아요."

그녀의 말에 우리는 함께 웃었다. 웃음소리는 정원에서 불어오는 바람처럼 가볍고 따뜻했다.

서로 완전히 다른 삶을 살아왔지만, 나와 캐스 사이에는 묘한 유대감이 있었다. 우리는 둘 다 철학을 사랑했고, 삶에 대해 깊이 고민하는 사람들이었다. 그녀는 내가 은행원 출신이라는 얘기를 듣고 깜짝 놀랐다.

"상상도 안 되네요!" 그녀가 웃으며 말했다.

"저도요." 나는 고개를 저으며 웃었다. "스타킹에 하이힐, 회사 유니폼...... 그런 것들은 나와 전혀 어울리지 않았죠. 틀에 짜인 삶도 마찬가지였고요."

캐스는 조금 진지한 표정으로 나지막이 물었다.

"브로니, 간병인이 아닌 다른 일을 하고 싶지 않나요?"

그 질문은 전혀 낯설지 않았다. 나 역시 이미 오래전부터 스스로에게 던지던 질문이었기 때문이다. 나는 그녀에게 교도소에서 작사와 작곡을 가르치는 프로그램을 운영하고 싶다는 새로운 꿈에 대해 이야기했다.

"교도소 시스템에 대해 잘 알지 못하지만, 이 생각이 자꾸 머릿속을 떠나질 않아요. 아직 구체적이지는 않지만, 시간이 갈수록 점점 더 크게 자리를 잡아가고 있어요."

캐스는 부드럽게 미소 지으며 말했다.

"좋아요, 브로니. 이제 다시 살아 있는 사람들 곁으로 돌아가요. 당신은 이 일을 정말 훌륭하게 해냈어요. 하지만 때로는 이 일이 당신을 너무 지치게 만들잖아요."

그녀의 말에 나는 깊이 공감했다. 8년이라는 시간 동안 간병인으로 일하며, 나는 삶의 소중함을 새삼 깨닫고, 많은 가르침과 보람을 얻었다. 죽음 앞에서 사람들이 성장하고 평화를 찾는 모습을 지켜보는 것은 내게 더없는 명예이자 축복이었다. 하지만 그 시간만큼 내 마음도, 몸도 닳아 있었다. 깊이 사랑했던 만큼 지쳤고, 느꼈던 기쁨만큼 아픔도 고스란히 내 안에 남았다.

"이 일을 사랑하지 않는 건 아니에요. 지금도 여전히 사랑해요." 나는 진심을 담아 말했다. "그런데 이제는 조금이나마 희망이 남아 있는 사람들과 일하고 싶어요. 창의적인 일도 다시 시작하고, 나만의 공간에서 더 많은 시간을 보내는 삶도 꿈꾸고 싶어요."

내 속에 묻어두었던 새로운 열망을 털어놓자, 마치 정리되지 않던 퍼즐이 맞춰지는 기분이었다. 교도소에서 음악을 가르친다는 꿈은 점점 선명해졌고, 간병인으로서의 시간은 서서히 끝을 향해 다가오고 있었다.

이틀 동안 캐스는 이상하리만큼 기력을 되찾았다. 오랜만에 방 안에는 웃음소리가 울려 퍼졌다. 그녀는 가족과 친구들에게 농담을 건네며 여전히 명료하고 유쾌한 대화를 이어갔다. 나는 이런 현상을 전에 여러 번 본 적이 있었다. 죽음을 앞둔 환자들이 잠시 기력을 되찾으며 사랑하는 이들에게 마지막 선물처럼 건강한 모습을 보여주는 순간이었다. 그래서 나는 망설이지 않고 그녀를 정기적으로 찾아왔던 모든 이들에게 전화를 걸었다.

"지금이 마지막 기회일 수 있어요. 짧게라도 캐스를 만나러 와주세요."

그리고 이틀 뒤, 캐스는 더 이상 대답할 힘조차 없었다. 침대 위에 축 늘어진 그녀는 사흘을 더 견뎠다. 대부분의 시간은 잠에 빠져 있었지만, 가끔 깨어나 눈을 뜰 때면 여전히 나를 보며 미소 지어 주었다. 그 미소는 너무도 고요하고 평화로워서 가슴이 저릿할 정도로 아프면서도 따뜻했다.

그녀의 마지막 날, 나는 그녀의 오빠와 그의 아내, 그리고 야간 간병인과 함께 그녀 곁을 지켰다. 그날 저녁, 간호사는 나직이 말했다.

"오늘 밤이 마지막일 거예요."

나는 담담히 고개를 끄덕였다. 하지만 마음속에선 이미 수많은 감정이 얽히고 있었다. 슬픔과 안도감이 교차하며 차오르는 눈물을 막을 수 없었다. 그리고 한 시간도 채 지나지 않아, 캐스는 조용히 세상을 떠났다. 그녀의 오빠와 올케가 다가와 나를 꼭 끌어안았다. 그들의 포옹 속에는 슬픔과 사랑이 한데 섞여 있었다.

그녀의 평온한 얼굴을 마지막으로 바라보며 마음속으로 작별을 고했다.

"행복한 여행이 되길 바라요, 내 소중한 친구."

나지막이 속삭인 말이 방 안의 고요 속으로 스며들었다. 집을 나서며 밤하늘을 올려다보았다. 가로등이 은은하게 빛나고, 공기는 차분했다. 마치 세상 전체가 그녀의 마지막 길을 배웅하고 있는 듯했다. 나는 대문을 조심히 닫고, 그녀와 함께한 따뜻한 기억을 가슴에 품은 채 길을 걸었다.

죽음을 겪고 나면, 세상은 언제나 낯설고 비현실적으로 느껴지곤 했다. 마치 세상 밖에서 이 모든 것을 관찰하는 이방인이 된 듯한 기분이었다.

전차에 올라타 나는 캐스와 함께한 순간들을 하나하나 되짚었다. 창밖으로 빠르게 스쳐 지나가는 풍경 속에서 그녀와 나눴던 대화, 그리고 그녀의 마지막 미소가 선명히 떠올랐다.

전차가 잠시 멈춰 섰을 때, 창밖으로 보이는 식당 안에서 사람들이 환하게 웃고 있었다. 그들의 밝은 웃음소리와 따뜻한 공기가 유리창 너머로 고스란히 전해지자, 나도 자연스레 미소가 번졌다. 슬픔과 행복이 동시에 가슴 속을 파고드는 묘한 순간이었다. 전차 안을 채운 소곤소곤 대화하는 소리와 잔잔한 온기가 서서히 내 마음을 녹이며 따뜻하게 스며들었다.

그날 밤은 내게 슬픔과 아름다움이 뒤섞인 시간이 되었다. 캐스를 떠나보내야 하는 아픔과 그녀를 알게 된 기쁨이 겹치며, 복잡하면서도 평온한 감정이 마음을 가득 채웠다.

삶은 항상 너무 빨리 지나간다

전차가 다시 움직이기 시작하자, 나는 창밖을 바라보며 거리의 사람들을 눈으로 좇았다. 가슴 깊은 곳에서 감사의 감정이 서서히 차올랐다.

과거도 미래도 떠올리지 않았다. 지금 이 순간, 나는 충분히 행복했다. 그리고 바로 여기가 내가 있어야 할 자리임을 분명히 느꼈다.

물 맑은 개울이 흐르고 새들이 지저귀는 작은 오두막
에서 나는 글을 썼다. 포근한 나무 테이블 위에 펼쳐진
종이 위로 펜이 사각거릴 때마다 내 삶은 한 장씩 새로
운 이야기를 쌓아가고 있었다. 모든 시작은 섹과의 대화
에서 비롯되었다.

호주 포크 뮤직 잡지 트래드앤나우의 편집자인 그는
대중 음악계에서 꽤나 유명한 인물이었으며, 사람들을
끌어당기는 쾌활함을 지닌 사람이었다. 어느 여름밤, 시
골길을 함께 걸으며 우리는 음악과 인생에 관해 이야기
를 나누었다. 그때 나는 여성 수감자들에게 기타와 작사,

작곡을 가르치는 교도소 프로그램을 준비하고 있었다.

"그 프로그램이 시작되면 꼭 알려줘요. 기사로 다뤄보고 싶어요."

섹의 따뜻한 격려가 내 안에 무언가를 불태웠다. 그때는 몰랐다. 그 대화가 내 인생의 방향을 돌려놓을 만큼 중요한 순간이 될 줄은.

모든 과정은 순조롭게 흘러갔다. 프로그램이 시작되었고, 나는 그 과정을 글로 정리해 섹의 잡지에 기고했다. 글을 마무리할 무렵, 문득 '글을 더 써보는 건 어떨까?' 하는 생각이 들었다. 그 갈증은 블로그로 이어졌다. 'Inspiration and Chai(영감과 차이 차 한 잔)'라는 이름으로 시작된 블로그의 글은 내가 간병인으로 일하며 죽음을 앞둔 환자들과 나눈 이야기를 바탕으로 했다.

블로그는 빠르게 성장했다. 방문자 수는 기하급수적으로 늘어났고, 각국에서 이메일이 쏟아져 들어왔다. 누군가는 번역 출간을 하고 싶다고 했고, 또 누군가는 내 이야기가 그들의 삶에 변화를 가져왔다고 했다. 나는 그때 처음으로 깨달았다. 나의 글이 단순히 나만의 이야기가 아니라는 것을. 그들의 목소리를 내 안에만 가둬두는 것은 옳지 않다는 것도.

이 책은 그들의 삶과 후회, 그리고 그 후회 속에서 피어난 깨달음으로 가득하다. 죽음을 앞둔 사람들은 내게 말하곤 했다.

"더 사랑했어야 했어요. 더 용기 냈어야 했어요. 그리고 무엇보다, 지금 이 순간을 충분히 누렸어야 했어요."

나는 그 말들을 기억하고 또 기록했다.

책을 쓰는 동안 나는 종종 오두막 앞의 푸른 자연 속에 앉아 있곤 했다. 새들이 지저귀고, 개울물이 졸졸 흐르는 그 평화로운 순간들은 내가 발견한 행복이었다. 사람들은 행복이 거창하고 멀리 있는 것이라 생각하지만, 사실 행복은 언제나 우리의 곁에 있었다. 단지 우리가 너무 빠르게 지나치고 있었을 뿐이다.

이 책을 쓰는 동안 내게 지지와 사랑을 보내준 모든 이들에게 깊은 감사를 전한다. 이 책은 그들의 힘으로 완성되었다.

또한, 마지막 순간까지 내게 깊은 깨달음을 안겨준 환자들에게 이 책을 바친다. 그들의 이야기는 단순한 기록이 아닌, 내 삶의 방향을 바꾼 소중한 선물이었다.

살다 보면, 우리가 내린 어떤 선택이 인생의 전환점이었음을 뒤늦게 깨닫는 순간이 있다. 이 책을 쓰게 된 것도 바로 그런 선택 중 하나였다.

지금 이 순간, 당신이 이 글과 함께해 주신 것에 진심 어린 감사의 마음을 전한다.

화요일 오후 해질 무렵 툇마루에서,

브로니

나의 오늘은
내일로 이어지지 않는다

초판 1쇄 인쇄 2025년 3월 14일
초판 1쇄 발행 2025년 3월 24일

지은이 ㅣ 브로니 웨어

발행인 ㅣ 홍은정

주　소 ㅣ 경기도 파주시 심학산로 12, 4층 401호
전　화 ㅣ 031-839-6800
팩　스 ㅣ 031-839-6828

발행처 ㅣ ㈜한올엠앤씨
등　록 ㅣ 2011년 5월 14일
이메일 ㅣ booksonwed@gmail.com

* 책읽는수요일, 비즈니스맵, 라이프맵, 생각연구소, 지식갤러리, 스타일북스는
　㈜한올엠앤씨의 브랜드입니다.
* 표지와 본문 디자인에 마포 브랜드 서체인 Mapo 금빛나루를 사용하였습니다.